小城又黄昏

任林举 著

广西师范大学出版社
·桂林·

小城又黄昏
XIAOCHENG YOU HUANGHUN

图书在版编目（CIP）数据

小城又黄昏 / 任林举著. -- 桂林 ：广西师范大学出版社，2025.4. -- ISBN 978-7-5598-8007-9

Ⅰ. I267

中国国家版本馆 CIP 数据核字第 2025Z3A890 号

广西师范大学出版社出版发行

（广西桂林市五里店路 9 号　邮政编码：541004）

网址：http://www.bbtpress.com

出版人：黄轩庄

全国新华书店经销

广西广大印务有限责任公司印刷

（桂林市临桂区秧塘工业园西城大道北侧广西师范大学出版社集团有限公司创意产业园内　邮政编码：541199）

开本：880 mm × 1 240 mm　1/32

印张：9.5　字数：200 千

2025 年 4 月第 1 版　2025 年 4 月第 1 次印刷

定价：58.00 元

如发现印装质量问题，影响阅读，请与出版社发行部门联系调换。

目 录

- 1 　初　雪
- 4 　深秋问叶
- 7 　蜃　景
- 11 　白腰朱顶雀
- 14 　阿　黄
- 17 　风　筝
- 20 　枸　杞
- 23 　石头有心
- 26 　石　龟
- 29 　时间的表述
- 32 　书　生
- 35 　随人现化
- 38 　桃花误
- 41 　提线木偶
- 43 　童　年
- 46 　不老泉
- 49 　包饺子
- 52 　春天里

55	冰　上
58	明暗各半
61	垂　钓
64	丁香结
67	磨刀石砚
69	落　花
72	柳　叶
75	梦　里
78	孟冬之月
81	老牛茶
84	立　秋
87	莲
90	老红梅
93	老　屋
95	结
98	荒园之猫
101	花栗鼠
104	叫　醒
107	看　戏
110	东北大酱
113	风　水
116	钓　者
119	大　青

122　父与子

125　凤凰牌自行车

128　岳　桦

132　满身是尾巴

135　有无之间

138　空　位

141　过　节

144　寒　露

147　虹

150　打碗花

153　敖东之秋

156　米易的时光

159　平安之夜

161　母亲的能力

164　莫名其妙

167　取　名

170　琴　曲

173　知　遇

176　苣荬菜

179　人七面

181　扫帚梅

184　杀年猪

186　上　坟

189	上甘岭
192	深秋里的格桑花
194	剩　榆
197	生存策略
200	失　算
203	试　锹
206	拾　秋
209	柿　约
212	书　法
214	霜　花
216	水之殇
219	夙　愿
222	算　盘
225	套　子
228	天老爷的小舅子
231	土　盐
234	屠狗者
237	往事如刀
240	五　叔
243	王文学
246	西街的老布店
249	喜　鹊
252	小城又黄昏

255　晓　敏

258　心　愿

261　空间或时间之外的猎获

263　心之律

266　玄鸟之哀

269　蕈油面

272　演好一棵树

275　鼹　鼠

279　妖　精

280　遥远的葡萄园

283　野百合

285　有爱如铅

288　在那遥远的地方

291　执　着

293　约

初　雪

一场意料之中的雪，终于在立冬前一天落了下来。

虽说在意料之中，但清晨出门时的满目银光，还是让我有一些猝不及防和内心慌乱。

街道、景物和房屋，似乎一如从前，但被一层厚厚的积雪覆盖之后，已变得难以确认。雪，涂改的已经不仅仅是眼前的一应事物，也涂改了我的部分记忆。有那么一个时刻，我甚至怀疑，自己昨夜是否住在自己的家中。

雪在小区的路上延展，像一张没有留下任何笔迹的白纸，干净而空落。我走过后，那一行孤零零的足迹，便成为白纸上最突兀的内容，突兀得似无来由。

雪延伸至小木桥时，浑然的白突然被木板间的缝隙割裂开。一条条细线均匀相隔，一张白纸就变成了一页打着横隔的信纸。我在桥头停了下来，踟蹰着不敢前行。

从前，每当我要给某人写信时，就会这样在一张信纸前端坐很久，迟迟不能下笔。我会在记忆或情感里搜寻我和那人之间的种种前缘和往事，然后慢慢地在信纸上一笔一画地描绘、抒发出来，以期通过这种方式在自己和对方的心里留下深深的印记。但今天，我却不知道要把自己的行踪或心迹透露给何人。

我踟蹰，是因为事已至此，我已不敢再对眼见的一切轻下断言。

多年之前，我可以很直接地告诉某人我内心的寒冷或温暖、孤独或充盈、恐惧或渴望，但现在我早已习惯对任何的遭遇和结果都韧忍无声，充其量咬咬牙，暗暗鼓励一下自己。

现在，尽管飞扬的和落在地上的雪，充盈了天空和大地，如喋喋不休的闲言碎语，可我仍然觉得这世界是空的，空空如也，且沉寂无声。

我明明喜欢这种纯洁可爱的白，如干干净净的记忆和干干净净的心，但我就是不敢相信我的足迹会是今日雪地上唯一的内容。

我刚从雪地上走过不久，就已经有新雪飘来，丝丝缕缕忘却我的足迹。如此，我怎么确定在我之前是否有很多双脚走过？在我之后是否仍会不断有人走来？仿佛，一切都可以成为不可告人的秘密，我却没有勇气断定这就是一个谎言，我只能怀疑我自己真实的重量。

站在小桥的这端，回望那端，根据不着一字的一页纸或没有踪迹的一段路，完全可以推出这样的结论——生命原本就虚无、轻飘，经过，如同没有经过。

望见一些失去了叶子的树，遂想起春夏季节的往事。

那时虽说有红花也有绿叶，但也不是没有雷电、风雨，只不过那时总是盲目乐观，泪水也说成雨水。

其实，雪是变了形的雨或泪水，如果不是冬天的话，就那么傻傻地站在天空之下，早已经满眼、满脸、满身皆湿。

冬天是内敛的季节，寒冷，虽然有时彻骨，但只要把衣襟裹紧，那些难分咸淡的水珠就不会将我弄湿。

深秋问叶

秋日的阳光,宛如魔法师透明的手指,触摸到哪里,哪里的树叶就变了颜色。

园区里众多的树木,除了围墙边缘的那几株红松,簇簇针叶依然保持着原有的绿色,其余的树木仿佛一夜间被悉数点化,纷纷披上明黄、深紫或殷红的彩衣。

一时,竟让人猜不透那几棵如老僧打坐般的松,是因一直沉睡而失去了觉知季节的敏感,还是因早已悟透生死,拒绝一切身心的驿动和改变。

瓦蓝瓦蓝的天穹下,这一炉熊熊燃烧的色彩,却以短暂的绚烂和最后的温暖深深地诱惑着我,让我整整一个下午都在那些树下流连,走走停停,时而与树木相对而坐,时而与它们并肩而立,时而尝试着与它们以心交谈。

在这样的时代、这样的季节,有谁比这些安静的树更适合做心灵的朋友呢?只可惜,人的灵魂与树的灵魂很难在同一个维度里相遇。人与树以不同的方式走过时空,注定了彼此间的难以相通。

树虽无脚，不得不放弃空间上的移动，却能够在时间里行走，走过春，走过夏，又走到了秋，待走过漫长而寒冷的冬天后，又回到原来的春天。

人和树不同，只能在空间里行走，而无法在时间中穿行。人走过千山万水之后，仍可以回到原来的家中，却永远回不到时间的起点。人只能在时间中漂泊，就像河流上一只无桨之船，时间之水流到哪里，人就随着漂到哪里。

我一直觉得，那些树肯定知晓时间和轮回的秘密。可是，在哪里才能找到一套与它们沟通、对译的密码呢？在某片被阳光照亮的叶子上吗？在某一片叶片的叶脉里吗？在它们不断变幻的色彩和表情里吗？

我站在一棵高大的蒙古栎下，久久凝视它那宽大而明亮的金色叶片，阳光透过叶子和叶子间的缝隙，迎面射出，宛如一束被遗漏的时光，瞬间刺痛了我的双眼。

几棵红瑞木却如一篇篇简短的日记，早早地删去了多余的文字，只留下几片顶端的叶子托举着一簇白果。茶条槭、鸡爪槭、元宝槭、糖槭，浅黄、深紫或艳红的叶片已经落了一地，残存的叶子却依然密密麻麻，仿佛积累了一春一夏的心里话，说也说不完……

沙，沙……甬道上有人在用扫帚清扫落叶，奇妙的声音令我心动，遂想到这会不会就是树们给季节或大地的留言呢？我走过去，一下下踩着落叶，沙、沙、沙、沙……每一落脚必有回应，如饶有兴致的问答。

听清扫人员说，天黑前甬道上的叶子都要清扫干净。我内心不由得生出无限惋惜，不舍脚下清脆的回声，也不舍眼前的五彩缤纷。

沙沙，沙沙……阳光渐渐暗下来，暖意却从脚下升起来。沙沙，沙沙……我竟然一直不停地在落叶上行走，走得太久了，差一点就走回童年。

蜃　景

从前的向海，有一片银白色的沙岸。

我说的向海其实并不是海，而是科尔沁草原上的一个湿地湖泊。构成沙岸的也不是沙，虽然它们看起来如海沙一样干净、洁白，但那只是一种湿地上特有的碱性沙土。

从这片沙岸向远处看，则是另一番气象——在苍茫的湖水和锦绣的草原之间，交错、间杂地生着菖蒲、芦苇和蒙古黄榆，其幽深，其旷远，其生动，往往激发出人们描述的欲望，但其微妙的韵致又远远超出我们平庸的描述能力。

后来，有人发现了这个地方的美丽，便花了不多的钱从当地政府手里购得那段沙岸的使用权，在离岸不远的地方建起一片漂亮的楼宇和园林。

很快，一个名义上的培训机构落成。实际上，它是一个度假消闲之所。经营者尽心尽力的结果，自然是环境整洁、优雅，房屋漂亮、舒适，更有错落有致的绿植、四时竞放的花朵、从早到晚时断时续的鸟鸣，以及从湖面或草地上徐徐拂过的薰风……所以，四面八方的观光者蜂拥而至。

一时，院子内车水马龙，欢声笑语，红男绿女，莺歌燕舞。谁也想不到，这样一个荒无人烟的去处竟突然多出这么个人间仙境，竟如昏睡中豁然飘来的一袭美梦，竟如戈壁上乍然显现的海市蜃楼。

有人来这里躲避城市的喧嚣，求得片刻安宁；有人来这里亲近自然，重温昔日梦想；有人来这里寻找浪漫，与心爱的人儿共度温存时光；有人来这里享受孤独，在天水之间感受人生的欣喜与哀愁；有人在夜晚感知黑暗中的神秘和温馨；有人在白昼下见证阳光里的快乐与激情……

而我来向海，却为着不同于他人的牵挂。向海有我喜欢的花，喜欢的树，喜欢的鸟儿，也有我心中的梦想。

记得那年五月，初去向海，在那个湖边的院落里，我一抬头，就邂逅了一丛丁香花的微笑。之后，便把魂丢在了向海。以后不管是看向海，还是想向海，一切都是好的、不同寻常的或美妙的。

五月里，蒙古黄榆还没有发出芽苞。估计，至少要等来一场春雨和几夜春风。至于最后是否发芽，还要看黄榆们的心情。如果年景不好，大旱或虫灾肆虐，黄榆索性就一直保持着枯黄的状态，拒绝复活和生长，直到第二个雨水充足的春天，它们才肯重启年轮的旋转。对天灾、对人祸、对难以预测的命运，这是它们唯一有效的防御和抗争方式，也彰显了它们不肯就范的天性。

还有那些一身翎羽如雪却顶着朱红的丹顶鹤,一看到它们,我就联想到了天使。因为它们和天使一样稀少、一样美丽,它们也和天使一样,可以在时光的深层与表层之间,在人与自然之间自由自在地往来穿梭,并传达着某些神秘的旨意。所以当某一只丹顶鹤啄食了你手心上的玉米时,你不要认为这是你对它的施舍,实际上那是鹤对你的施舍,因为你还不知道它到底有多么古老、多么尊贵、多么深奥。

不管是在朝雾蒙蒙的清晨,还是在晚霞凄艳的黄昏,丹顶鹤凌空一叫,我们就被那来自岁月深处的呼唤紧紧地牵引,思绪便悠然地飞越了我们渺小的身躯和低矮的房屋,随着凝重的音波在旷野回荡,并渐渐地融入大地和天空,融入久远的苍茫。

那时,我天天在想,等我百年之后,如果也能找到自己的天堂,那个地方一定就是向海,再具体一点,一定是坐落在湖边的那个院落。

一晃,十几年的时光过去了,回首曾经在向海度过的那些时光,总免不了心生无限的感慨和眷恋。似乎那里的每一扇门、每一条路、每一个日子都与难忘的往事有关,它们就像那些开在草原的花朵一样,忽隐忽现地在情感和记忆中闪烁,也曾因为岁月的流逝而黯然凋谢,也曾因为无法在岁月里泯灭而一次次绽放。

那天,突然有意外的消息传来,说那个培训机构已经在一夜间关闭,被彻底拆除。不用问及什么原因,我内心已生出浓重的凄凉。

我想,假如有一天我旧地重游,站在那片废墟之上,一定会感慨万千,久久怀念起那些费了很多人力和物力才建起来的房屋和园林,还有那些花去很多缘分才遇见的人,以及耗去很多时间和精力才铭记下的往事。那白茫茫如一场大雪般的沙岸,定如一部无字的残卷,为我注释着人去楼空后的虚无和无声也无泪的哭泣。

就在这个夏天,我终于有机会重返向海,沿着往昔无数次走过的路,将旧日的风景一一重温。我却意外发现,一切依然如故,向海的天、向海的湖、湖边的芦苇、岸上的白沙、沙地上的蒙古黄榆、芦苇中的鸟儿,还有那白羽丹顶的鹤……唯独不见了湖边上的那个院落。

很想如事先预想的那样,站在那片废墟上凭吊一番,也不枉曾经的眷恋。但比想象更加残酷和可怕的是,我竟然找遍了那片湖岸也没有找到那些建筑的确切地点。如果不是有一棵结满了果子的苹果树在暗示前缘,甚至连我自己都怀疑是不是走错了地方。连成一片的荒草和树木,一同背叛了我的记忆,它们似乎在异口同声地告诉我:"有生以来,我们眼里的向海就是这个样子。"

小时候看《聊斋志异》里的故事时,常常会手抚残卷,为那一夜繁华之后的幻灭而心生悲戚。如今,望着这新草和旧草并肩疯长的岸,竟然没有了手捧一部残卷的忧伤,有的是残卷上已经印满崭新文字的茫然无措。

原来,真正的失去,竟是如此——

纵望穿秋水,寻寻觅觅,已然无可凭吊。

白腰朱顶雀

白腰朱顶雀说不准什么时候会来。也许是春天,也许是秋天,也许四时长留不去,但那已经是我心里的事情了。

那鸟儿,像北方最美丽的爱情,既有漂亮迷人的羽毛,又有摄人魂魄的啼鸣。一旦入了眼,就再难相忘;一旦过了手,即致魂牵梦绕。

深秋时,我们用一种竹篾扎成的笼子,诱捕白腰朱顶雀。那鸟儿经常从远处的山林或蓝天里炫然而降,但就在啄食谷粒的时候,一个跟头坠入我们预设的笼子。我们的心因此狂喜,甚至差一点儿跃出喉咙,但同时也有丝丝缕缕的遗憾如隐痛在胸膛里针刺般闪过。那么圣洁的事物竟然也为俗利所惑、所陷落,让人在极爱的情感里生出一丝恨和怨。

所怨为何?那时年纪尚小,还不懂自省。

后来,经历过太多的爱恨情仇,才懂得,那不过是一种自私的本能,是一种隐秘的、难以言说的忧虑或忌惮。既喜也怨的,无非是鸟儿的轻率和不辨真伪,幸好鸟儿没有落入别人的笼子，而是落入了自己的笼子。

世上的人啊，哪一个不认为只有自己的笼子才是天堂，而别人的笼子都是牢笼，都是地狱呢？！

然而，鸟儿并不了解我们到底有多爱它，还是拼命用翅膀徒劳地扑打着笼子。可是，那空空的蓝天有什么好的呢？连一颗金色的谷粒都没有！这些难以理喻的鸟儿，它们究竟是为了飞翔才去寻找谷粒，还是为了找到谷粒而不断飞翔？

鸟儿的惊慌失措，立即引发了我们内心的恐慌。鸟儿拼命地挣扎，是想挣脱笼子的幽禁，而我们恐慌的，恰恰是它们的远走高飞。

鸟儿越是不安生，我们的心里越是惶恐，到后来，我们觉得把鸟儿放在哪里都不安全，只有攥在自己的手中才最可靠，最有"把握"。

于是，我把鸟儿从笼子里取出，攥在自己的手里。近距离观看鸟儿身上的那些鲜艳的羽毛——艳红的胸羽如火，银白的腹羽如云，暗红而近绛紫的顶羽，如燃烧之后的彩霞，闪烁着神秘的光泽；还有那双精灵一样的眼睛，当它们不停眨动时，我仿佛看到了光明与黑暗交替显现的另一个宇宙。当那些细小的羽毛与掌心接触的一瞬，我突然感觉到自己的心已被一种柔情般的柔软所融化，仿佛有一对翅膀从意识里生出来，展翅而飞，直至无限高远。

无以复加的"珍爱"之情，成为一种无法抗拒的力量，让我的手越攥越紧，仿佛稍一松懈，那本来属于天空的精灵就会无影无踪。到后来,我终于在疲倦中睡去。

醒来,那鸟儿仍然握在手中,它已经永远也不会飞走了。

从此,我一直以为手心里还攥着一只鸟,所以经常会在恍惚间情不自禁地将两手握紧,却经常在清醒时发现,自己已两手空空。

阿 黄

家有小女自幼放任、娇惯。忽一日"起义",要养一条狗。

我极力反对,但反对无效,因为当今家庭是"民主"家庭,不管是对的还是错的主张,都不会因为某一个人的存在或意见而改变。所谓的"民主",其实并没什么可讨论的,只是少数和多数、强势和弱势的问题。

全家五口人,如果有四口人站在同一个立场,那么,多数人手里握住的不管是什么,都能称为"真理",而另一个人不论如何都"发"不出自己的声音。

买就买吧!买狗之前,小女有交代,因为要买的东西不是普通的商品,而是自己喜欢的狗,关乎情感和尊严,不准砍价。砍价,就是对狗的不重视、不尊重。

好吧!可是临到成交的时候,小女的妈妈还是发现卖家的要价比市场价格高出了50%,于是悄悄交涉,卖家认账,同意按正常价格收钱。可是,小女警觉,眼波一横:"我在路上对你怎么说的?"她妈妈只得乖乖投降按要价付钱,算是花钱买个"和谐"。

卖家也机灵，说世间的喜欢和爱都是无价的，钱是最不靠谱的一种契约。看他的表情，倒有些吃了大亏的感觉。

狗取名"杰西"，是一条黑底白花的边牧，性情机巧，眼神灵动，像一个投错了胎的小狐狸。它似乎一开始就知道我对它不怎么欢迎，也知道它的主人会像某些妈妈一样对它骄纵无边。所以，它对小女无限依附、依恋，小女出门回来，它跳上去舔小女的脸；小女休息，它跳到小女的床上去陪伴。但见了我，却总是一副冷冷的、怯怯的样子。

其实，我也不是不喜欢小动物，是因为太喜欢了，反而不敢靠近或拒绝靠近。特别是狗这种东西，很容易把一个人的情感垄断。因为除了自己的主人，它谁都不想，谁都不顾，一门心思只依恋一个人。你对它有多娇惯，它就对你有多好。狗与人迥异，绝不移情，绝不会忘恩负义。

我在少年的时候，也曾养过一条狗，不过不叫"杰西"，而叫"阿黄"。

阿黄对我，甚至远胜于杰西对小女，因为阿黄是土狗，智商远低于杰西，这就意味着它更不会变通、更心无旁骛。我少年时性情孤僻，心多寂寞，全赖阿黄忠实、温暖的陪伴和慰藉。

后来，我不得不离家求学，竟然想念阿黄比想念自己的亲人还多一些。

不幸的是，当我寒假回家时，阿黄已经不在了。某一天黄昏，它出了家门就再也没有回来。

　　杰西对小女的忠诚度与当年的阿黄对我的一样，只要小女在家，它就谁都不理，只寸步不离地围着小主人的前后左右转，甚至在小女睡觉时它也要跳到床上去陪伴。

　　一年后，小女要到别的城市去上学了，只留下杰西和我们这些不爱它的人在一起。

　　每天无事，杰西就蹲在院门口，隔着栅栏望向远方。不到吃饭和睡觉的时候，它就那么一直在望，谁叫它也不回头，甚至拉它也拉不走，不知道它在一直望什么。

　　看着杰西的姿态，我想起了阿黄，当初我离家时，阿黄应该也是这个样子吧？但我和阿黄之间，如今已隔着无法估算的距离和幽深而苍茫的岁月。

风　筝

五月风高,最宜放风筝。

风筝可以是现成的,从工艺品店里购买,或从一些手艺人手里定做,但最好还是自己亲手制作。只有亲手制作,才能够理解风筝的内涵,才能够体会创造的快乐。

我自己虽然不会做风筝,但我从小就看父亲或比我年长的大男孩们做,所以并不陌生。

没有经验的人,往往认为风筝是一种十分简单的事物,不过是一堆竹篾、一块绢布、几条丝线和一摊糨糊。

其实,那都是表象,如果按照这种"科学化"的标准去判断,人类本身也没有什么,不过是一些脂肪、水分和蛋白质,但世上的很多事情并非化学分析那么简单。

虽说风筝结构简单,其制作机理却十分复杂,各种材料的选择、搭配,必须精确、合理,设计和布局更要均衡、得当。

如果制作者没有倾注爱心、匠心和信心,那么就断然做不出真正的风筝,就算做出一个很像风筝的东西,也飞不到天上去。

　　五月，我经常去市中心的广场，一边看人放风筝，一边打电话，和另一端的那个人聊着事关灵魂的大事。

　　当一只风筝"飞"或"悬"在天空时，我们其实看不到它和地面上的哪个人有直接的关联，就像我在打电话时，别人并不知道我和某个广场上的哪张脸有联系。

　　尽管走得更近时可以看到广场的地面上有一个人，正手持硕大的线轴在控制着那只风筝，但我还是感觉风筝和那人之间的联系比一根纤细的尼龙线更复杂也更抽象。

　　风筝有骨、有翼，却无心，所以它很轻盈，会飞得很高，并不像我，拖着一个沉重的肉身和满腹的心事，只能匍匐于地。但风筝也受着另一种制约。一只风筝从哪里起飞，要飞向哪里，能飞多高，完全取决于放风筝人手中的线和天空里的风。如果说，风筝也有最后的结局和命运的话，那么就注定要"悬"于一"线"。

　　头顶的风筝越飞越高了，一直高到令人担忧，我的心也越来越紧张，因此打电话的声音也提得越来越高。当电话里的声音戛然中断的时候，我发现天空中的那只风筝正如受了重伤的鸟儿一样，盘旋着、倾斜着，坠向大地。

　　此时，我可以依据内心真实的疼痛做出判断，我就是那只受了伤的风筝。而当我站在风筝的角度看地面时，坠落的却并不是我，而是大地和大地上那个手持断线的人。原来，风筝并非无心，它的心系在线的另一端。

不仅是风筝，不仅是放风筝的人，也不仅是我，世间任何被一条看得见或看不见的线拴在两端的人或事物，双方都可能是彼此的心，都可能互为灵魂。看着完全变得漆黑的手机屏幕，我的心里充满了悲伤。

枸 杞

从前,有人在向海的院子里种了一片枸杞。

一开始的时候,我基本上没有认出它们,直到后来的某一天,我看到了那些零星鲜艳的果实。

小时候,我家也种过枸杞。一到结果的季节,满枝红艳艳的,把枝头都压弯了,果粒也比这里的大很多。因为晒干后要当作药材拿去卖钱,所以我们很少吃。偶尔偷偷地拿几颗放在嘴里,因舍不得马上咀嚼咽下,就放在嘴里含着,让果汁从果蒂的破裂处一点点渗出来。那种甜中有点微苦的味道,如童年的时光一样,令人难忘。

相比之下,向海的枸杞子就显得寒酸多了,不但结果稀少,而且果粒很小。那天早晨散步,突然想尝一尝那些鲜红的小果儿,便像孩提时一样摘几颗放到嘴里。

一品,却被它们那奇特的味道迷住了,淡淡的甜里透着微微的苦,还是从前的味道,还是从前的感觉。仿佛那小小的果粒里面储藏的,并不是果汁,而是从前的时光。

后来，每天清晨的散步，似乎便不再是为了舒动筋骨，而只是为了那几棵枸杞。每天早晨绕到那里，去看一看它们开花和结果的样子；每天早晨摘几颗果实放在嘴里，和小时候一样，久久地那么含着。

日子久了，我便知道这几天树上开了多少花儿，有几朵已经凋谢结成了果，有几颗果粒已经长大到可以品尝。但有那么几天早晨，我却发现已经长大的几颗果粒突然不见了。原来，有一只大眼睛的小鸟儿，天天和我一起分享这美味的果实。

彼此熟悉之后，每天我来时，它可能会很识趣地飞走，也可能并不飞走。如果我因为某些事情内心感动、柔软，我就不摘树上的枸杞子，让它独享。

树上的枸杞子一天天少了起来，再到后来，就彻底消失了。然而，我却每天怀着感动或温柔的心情去看那些小灌木，因为一个时期以来，它们就像闪烁在地上的小星星一样，记录、见证了我生命里的波澜和心情的脉动。

我相信，它们一定会知道我内心的那些情感，因为它们是自然的精灵。

那鸟儿，却和我一样莫名其妙地怀旧，可食的枸杞子都不在了，它还在守候！

临走的那一天早晨，我又看到了那只小鸟。它就那么长久地停落在空空的枝头上，神情看起来有一些落寞。

我只是在心里向它微笑了一下，很亲切的那种，以示来自心灵深处的依恋。

已经是深秋了,我要走了,你也要走了吗?

它侧歪着头,似乎很不解地看了看我。

当我转身离去时,那鸟儿仍然没有离去。

突然觉得那鸟儿与我们人类相比,自由又独特。它们也许从来不受什么逼迫,用不着在一个规定的时间里赶到某处,而我却只能经常以告别的方式,对某一事物展开另一程的思念。

石头有心

冬季的长白山，常常一片冰天雪地。前边是雪，后边是雪，左边是雪，右边也是雪。人被无际的雪围困着，也被无际的、雪一样的、白色的寒冷逼迫着，无处躲藏。

但行至瀑布口时，总会遇到那些从地下涌出的温泉，仿佛寒冷的铁幕突然被什么戳出一个窟窿，从中冒出蒸腾的热气。

也总会有做生意的小商贩，拉住游人推销他的煮鸡蛋。

"尝尝温泉水煮的鸡蛋吧！"

"这水是怎么烧热的呢？"有幼稚的小童睁大了好奇的眼睛问。

"地底的石头烧的！"

顺手拿一个滚热的鸡蛋放在手心，立即有一股惬意的暖流涌遍快要冻僵了的身体，仿佛一下子就和大地的血脉接通了。这小小的鸡蛋就是来自大地、来自石头的一片心意吧？

在这寒冷的深山、寒冷的冬天，如果没有这绝望中的一脉温热，我们的情形会怎样呢？

很久以前，只知道石头是冷的、硬的。一提到石头就想到石桌石凳石墙和石头做的碾磨，看大人磨粮食，便忍不住傻傻地想，除了可吃的粮食，大概把我们正过的那些难过的日子放在石头中间碾轧，也会被碾得粉碎吧？

石头的冷，更是常常以隐喻的方式，挂在人们的嘴上。母亲一生很少骂人，我听到她骂得最难听的话，就是"狼心狗肺、铁石心肠"。于是我就顺着母亲的思路想，难怪那人长了一副冷脸，原来心都是石头做的！

现在才知道，石头并不都是冷的。或者说，最初石头并不是冷的。当石头生活在地球深处的时候，它们是炽热而激荡的，只有被排出地表后它们才慢慢变硬、变冷。就算是到了地表，如果它们遇到强烈的碰撞，也会闪射出耀眼的火花。

它们不是没有热度，而是把热度深藏在常人无法理解、无法触及的内部。

突然想起了那些藏在石头里面的化石。

那些大限不过百年的生命，之所以历经十万、百万年时光的洗礼仍然能够将其生命形态呈现给后世，大概就是因为它们虽然早已经停止了生命的历程，却幸运地被石头装在了心中，最终才成为一份不可磨灭的记忆。

如果，手心里的那颗质地松软的鸡蛋，一不小心被某只魔幻之手夺走，信手藏在石头中间，亿万年之后，它将变成什么样子呢？也许，在亿万年的镶嵌与浸淫中，石头会通过一分一秒的持续渗透，将自己的血气和心思以原子或微子的幅度注入蛋体，让它最终拥有石头般永恒的品质。

　　但一切都是亿万年之后的事情啦！我一直坚信，依凭石头的耐力、能量，那颗小小的鸡蛋将不再是鸡蛋，而是一颗圆圆的石头、一颗石头的心。

石　龟

　　三十年之后,阿姨一如从前,像养活物一样,精心养护着那个小石龟。

　　她换掉鱼缸里的水,将小石龟身上的水垢轻轻擦去,然后再将它轻轻放入鱼缸。我目睹了她小心操作的全过程。我心中很是疑惑,究竟是怎样的一种意念或情感支配着她,让她将一件谁都看不到任何意义的事情一做就是三十年?

　　"阿弥陀佛!"正当我心里这样想时,阿姨突然口念佛号,惊我不轻。如今,她已经是一个虔诚的佛教徒啦!

　　阿姨与小石龟结缘,是三十年前的一个偶然机会。那天,她去村后小河沟里洗衣服,路过河边的乱石滩,感觉脚下似乎有什么东西微微一动,无意间低头,就发现了它。

　　小石龟石质粗劣、雕工简单,直直的线条只大致勾勒出龟的轮廓,一看就能辨识出其手法的生硬,阿姨却将石龟视为吉祥的神物,小心收好,回家洗净后放在水缸之中,"养"了起来。

那些年,阿姨的家境艰苦,生活动荡,做过各种各样改变人生处境的努力,一忽儿乡镇,一忽儿城市,不断寻求新的生活出路,结果均以"未果"而告终。

但不论阿姨走到哪里,她都会把小石龟带在身边,只要自己稍可立足,就要给小石龟寻一个容身之地。宽敞时,许之以缸;逼仄时,装在盆里;最为艰难时,也要找一个碗来,保证小石龟不离开水的滋润。

阿姨少小辍学,不懂生物学,不知道龟不在水里也可以活得很好,但她不管,执意要让小石龟分分秒秒都"待"在水中,她要把自己认定的关爱全部给那只幸运的小石龟。然而,许多年来她自己却一直处于不幸的边缘,养鸡鸡死,养牛牛瘟,养菇菇烂。曾有人私下里议论,是不是那来路不明的小石龟给她带来了厄运?

对于人们风一样时隐时现、难以捕捉的流言,阿姨其实是知道的,但她就是佯装不知,对小石龟不但不离不弃,反而加倍呵护。

夜半醒来,她也常常要绕道去看一眼小石龟在与不在,仿佛她稍一懈怠,小石龟就会在一场蓄谋已久的阴谋里灰飞烟灭。家人、邻里都不能理解,这些年,她对自己的儿女也不曾如此上心,为何竟痴迷于一块石头?

后来,因为子女先后进城就业,阿姨便也随之移居省府。生活的升级换代,几乎将一切旧物都淘汰得一干二净,但那只小石龟却如她的影子或心一样伴随着她。

如今，小石龟仍然生活在干净的水中，但容器却换成了带着给氧设备的漂亮鱼缸。阿姨的智商不容怀疑，她从来也没开过电泵给小石龟打氧，但每天仍要对着小石龟念一段经文。

　　小石龟能听得懂吗？阿姨的举动几乎人见人笑。

　　那天我去做客，临别，就在一回首的瞬间，目光正好撞上了伏于水底的小石龟，我仿佛真的看见它动了一下。

时间的表述

天色将晚,我决定哪里也不去,就坐在那座老房子的窗户背后,盯着渐变的天光,等待夜晚来临。

于是,夜色,便如无声的潮水,从天上、地下以及四面八方一点点涨上来,先是淹没了摇摇欲坠的落日,接着淹没了拖起长长影子的树木,然后淹没了小小的村庄和远方的城市,浩瀚如海,最后淹没了广袤的大地。

天上稀疏的星星,已遥远、缥缈得如海岸上的点点渔火。

村子的另一端,偶尔传来一两声模糊不清的狗吠,无非是反衬了夜的静谧,此外,别无深意。一切声、光、物象终将消失,只有那比夜色更加难以描述的时间与我同在。

俄而,有一种均匀、沉稳的声音从黑暗中传来,嘀嗒嘀嗒,宛如一个十分自信也十分固执的人,迈着方步从黑暗中走来。不可改变的节奏,恒定得令人恐惧,仿佛它的方向、里程和力量都属于永恒,不增不减,不可度量。

我知道,那是时间走过时不经意踩响了墙上的挂钟。

记得三十多年前，我曾在这座房子里借宿。

那时，我还年轻，墙上的挂钟也和我一样年轻。我以为，墙上的挂钟不过是为了见证时间的行走而存在的，而时间也不过是为了见证我的行走而存在的，它的全部意义不过是为了丈量我的成长以及成长的节奏和步伐。

三十年后重回故里，我才发现，我们的一切都与时间有关，但时间的一切似乎与我们并无关联，它从来都我行我素，既不需要见证也不需要测量。

早年挂在墙上的那挂老钟，如今早已经不知去向，取而代之的是另一部完全陌生的挂钟，以另一个面貌、另一种姿态悬挂在另一个位置。但指针仍然敲打出从前的节奏，仿佛时间从来没有离开过须臾，它一直都在那里原地踏步。

父辈们已纷纷离去，不再露面，很难确定他们究竟是藏身于泥土还是藏身于时间深处。而与我同一个时代出生的人们，全都放弃了原来的灵动与英俊，改换为另一种面貌和心态，以至于彼此相逢也不能相识。

曾经年轻、美丽的表姐表妹们，狠下心将自己从里到外彻彻底底地装扮成她们的父亲或母亲，拒绝一切与性别有关的爱慕与迷恋……

而我自己，走了很多年，走过很多地方，经历过很多的悲欢离合，又悄悄回到了出发的地点，除了冷眼旁观却又心知肚明的岁月，只有我仍然知道我还是我。

原来，墙上的挂钟、挂钟下无眠的我、我心里记挂着的亲人、与亲人们命运与共的乡亲，以及世间的万事万物都不过是时间的表述。尽管在这篇冗长得望不到首尾的文章中，我们都不过是轻描淡写的一句，但它还是利用了我们，以我们的有限描述了它的无限。

那一夜，我梦见了我自己。我变成一条鱼，在时间里游来游去。

书 生

读诗人曲有源的《狐媚》,遇有这样的诗句:"细看雪地上,她用长尾反复修改过的足迹,还是写给途经赴试的,那个古代书生。"不禁浮想联翩。

所谓的书生,大约是指那些专业读书人,即便不是以读书为职业,也是以读书为人生的主要通道,通过读书而考取功名,谋取养家糊口的职业。

古代的书生和现在的学生或学子虽然在起步时是一样的,到了后来,却多有不同。放下古今学子数量和素质的差别不提,仅就对书和学问的敬畏这一点上,两者也判若云泥。

大凡书生基本有两个显著特点:一个是有点儿穷;一个是有点儿呆,还有一部分人表现为痴。我不敢称自己是书生,因为我除了这几个显著特点,并不具备古代书生的满腹经纶。但有一本书是我看过而他们却没有看过的,那就是《聊斋志异》,因为他们都在书中。

如果说,我比他们还能多表现出一点儿长处的话,或许,只有在感恩之心这一点上。我说我强于他们，是因为我知道作为一个书生最应该感激谁，而他们不知道。原因，当然也是由于他们在书中。

蒲松龄先生真是好啊！古今中外执掌权柄或能决定个什么事情的人，有谁肯如此善待一个穷书生呢？

你看，一个书生经过了十年的寒窗苦读，都变成什么样子啦！两眼通红，形容枯槁，像一只熬透的鹰一样，打点简单的行囊，盘缠少许，就直奔京城而去。少则数月，多则年余，晓行夜宿，风雨兼程，有店住店，没店就在哪一个荒郊野外的弃屋或破庙里将就一夜，一心想着那个早晚有一天一定化为乌有的未来，哪顾得上眼前的美好青春？可怜啊，可惜！

于是，蒲松龄先生心生悲悯，长长地叹了一口气，以文字为书生们构建了一种看似寒酸实则滋润的快乐生活，在他们干枯、苦涩的人生里虚拟了一抹青翠的甜。

夜，当然是黑的，但前来邂逅的女郎却个个美艳如花，一现身就把黑暗的夜晚照耀得通亮如昼。

谁道萍水陌路，分明似曾相识。前世今生的一段奇缘，哪个呆透的傻瓜愿将其拒之门外？一个缱绻如饴的夜晚之后，书生们往往改变了预定目标，有此神仙一样的日子可过，人生还复何求？可是，美人却深明大义："妾以身相许，以情相慰，本无他图，唯仰慕郎君才华尔。此去京都，定有高中，望君莫为私情牵绊。此别，后必有期。"转身，化为一缕迷人的风。

多好的女子啊！这就是蒲松龄笔下如真如幻的妖精。也是我少年时抱着一本书，脑子里一遍又一遍不断重复的梦幻。可是，不知是不是自己的运气不佳，自觉人生已渐入老境，终究没有如愿遇到妖精。

想来，也许是自己的德、才不配，还没有修炼成古代的书生。那就继续好好修炼吧，反正人生的赶考之路还没有走完。

随人现化

幺叔从小城来，带着新妇幺婶，说是来看看久未相见的我，其实是幸福得难以掩藏。

幺叔不是我的亲叔，也不是本家人，而是原来的老邻旧居，由于两家世代交好，便以亲人相待。他家历来人丁兴盛，女人旺族，善于生养，大多到了五十岁还在生育。三代沿袭下来，至幺叔，虽然辈分大我一级，岁数却比我小了十五岁。

幺叔腼腆，不好意思与我以长辈身份往来，说咱们以兄弟相称吧！我笑笑，心里想，那我也是吃亏的，本应该他反称我为叔才对。可是，那样一来，就断了两家情义的传承，还是我来叫他幺叔吧，这是规矩，也是文化！

幺叔生性软弱、木讷，但学业优异，人称"老学呆"。考学、就业之后，经同事撮合与本单位一前辈的女儿完婚。婚姻数年，两人日子过得如同"跑调"的二重唱，东扭西挣，南辕北辙。女嫌男像一块毫无用处的木头，不亲，不热，不勤，不劳，不通言语，不开窍；男怨女粗枝大叶、怨气冲天，活像个夜叉。勉强支撑一段时日后，两人不打自散。

年许，新毕业的幺婶不期而至，似是天意。没多久，两个人便电光石火般燃烧起来。木讷、沉郁的幺叔，突然变成了另外一个人，仿佛被灵异附体，谈起恋爱来有如情圣转世。竟是他，先向那个温润如玉的江南女子发起了"攻击"。

之前是否有气息感应和眉目传情，外人不得而知。据说，某日幺叔突然主动对女子表白："我见到你的那天，就感觉心微微那么一痛，才知道，许多年我就是为了等待这一天，你终于来啦！我们相爱吧！"女子立时无言，流下泪来。一段如火如荼的爱情就这样发生了，并在熟人中一时传为佳话。

这事情在别人看来，可能不足为怪，但依我对幺叔的了解，却真真是一个不解之谜。他一个不折不扣的呆子，到底是从哪里盗来的激情和灵性呢？

思索中，终于想起《聊斋志异》里的那篇《毛狐》。

故事讲，有个农夫叫马天荣，二十多岁丧偶，贫不能再娶。忽一日，在田间遇到一个少妇，便心动相戏。那女子也不拒绝，便"遂相爱悦"，以身相许，当天夜晚便做起了露水夫妻。马天荣虽粗糙但也并不是笨人，知道那女子并非凡俗，便直接问："你是不是狐？"那女子自认不讳。这时马天荣有点不乐意了。心想，今生总算遇到一回妖精，竟不是传说中的花容月貌！因为心有不甘，便直截了当地问那女子："人都说狐仙个个国色天香，可你为什么长得如此平凡、粗糙？"那女子也不客气："我们狐狸都是'随人现化'，你若是英俊儒雅的书生，我当然要花容月貌，想变成这样也不好意思！可你照镜子瞧瞧，你无才无德、粗俗浅陋的一介农夫，我怎么能变得更好看呢？沉鱼、落雁、闭月、羞花，你消受得了吗？"

随人现化。

真是太奇妙啦！似乎一个词就能解释世间的一切事情。如此，我的困惑已迎刃而解，幺叔也是因为受那个江南女子的感动"随人现化"了。

爱与激情，原是因为有美妙、可爱之人，才被激发出来的呀！那么原来的那个幺婶，会不会某一天因为遇到一个可心、对"频"之人，也变得温润如玉了呢？

桃花误

打开窗帘，忽见窗前的那棵桃树上密麻麻地绽开了万点桃花。方知道，昨夜，春风已放纵无形之足，从树枝间悄然踏过。

春天里的花事，一向绚烂而又美丽。那是树的爱情，却也和人类的爱情一样，总在芬芳里蕴涵着几分苦涩，热烈中夹带着几分凄凉。

同一幕生命的悲喜剧几千几万次重演，终于把本有几分神秘的因果演绎成了几近凝固的规律——相逢，然后别离；燃烧，之后熄灭；充盈，然后空落；战栗和狂喜之后，留下难以消解的隐隐疼痛……有一天，花儿就那样无可奈何地谢了，枝头将挂满味苦、色青的小小果实，如生命里某些无法磨灭的记忆。

想起唐代诗人崔护的诗："去年今日此门中，人面桃花相映红……"也想起从前的许多往事，内心便生发出许多复杂的感触和情绪，有欣悦，有眷恋，有朦胧的期许，也有莫名的感伤，宛若轻轻淡淡的薄雾里混杂着花的芳郁和哀愁。

本已记不清在哪一年哪一个地方遇见了谁，也记不清曾经和谁以哪种方式暗定了私盟，更记不清哪一年一切美好的向往和期待骤然落空。可偏偏是那猩红、艳粉、娇媚诱人的桃花，一开，就让人乱了方寸，仿佛自己也曾在崔护的诗里爱过、痛过、生活过。

从前的命相之书里说，生活中有一些人总难免会"命犯桃花"。而这部分人，多姿容俊美，爱风流，有才艺。若为男，则慷慨好交游，喜美色；若为女，则风韵无限，多姿色、多情欲，漂亮诱人。所以桃花这个意象，总是与那些艳丽至极的男女之情有着密切关联。如此这般，桃花就从百花中脱颖而出，成为蛊惑人心的花中之妖。

自《诗经》的"桃之夭夭，灼灼其华"始，光阴荏苒三千年，桃花的表意一直没有变过。它像一道文化咒语或美丽的伤口，只要提及，就让人想到爱情，想到艳遇，想到那类伤感的诗，或世世代代不曾消散的闲愁。

只是闲愁，一种一无用处的愁。

一个诗人一场落空的爱情和自己有什么关系呢？一个坠入爱河的人一段或长或短或甜或苦的恋情又和自己有什么关系呢？

我感伤、感慨，不过是隐约预感了表象背后的结局。不管多么美好如花的事物，总会如花一样地凋零；不管多么真实的拥有，也终成虚幻，如缥缈的浮云。原来，自认为带着几分悲天悯人的叹息，也与情怀无关，不过是为了世间万物共同的那个命运而忧伤。

　　此后，满园的桃花将更加恣肆地盛放——花香弥漫，蜂飞蝶舞——面对即将到来的那场奋不顾身的春日狂欢，我内心却倏然生出了莫名的怯懦，不再敢回想往事，也不再敢眺望未来。

　　黯然，从窗口撤回到书桌，埋起头，盯着一本书上的字迹，聆听五月流水在虚静处潺潺响起。

提线木偶

　　提线木偶戏正式演出时，观众只能看到木偶们在明亮的灯光下完成各自的角色，而真正的操控者不是站在高处，就是躲在暗处，观众是看不见的，所以木偶戏别名又叫"悬丝傀儡"。

　　但人非神圣，总会耐不住隐在暗处的寂寞，或藏不住内心的骄傲，适当的时候，总是忍不住要向人们展示一下自己的"本事"。再强的高手也会以技艺的名义暴露自己幕后的身份，炫一炫纯熟的操控技巧。于是，我们便有机会看到木偶表演者如何与他的木偶共同演绎一出出人间的悲喜剧。

　　那一次，去泉州，近距离观看过木偶表演者的演示后，我觉得通过几根不显眼的细线就能让一个木偶随着自己的心意和愿望动来动去，真是一件很惬意的事情。演示刚刚结束，我就迫不及待地跳上台去，求师傅授我一二手段，也让木偶听一听我的指挥，顺便满足一下潜伏于我内心很久的操控欲望。

　　据说，一个提线木偶身上拴着 5 至 32 条不等的提线，线越多木偶的动作越细腻、丰富。我想，这也并不是什么难事，不过是提一提线而已。

然而，一旦木偶交到了自己手上，才发现，我并没有能力让一个木偶活起来。尽管师傅事先教了我一些提、拨、勾、挑、扭、抢、摇、闪等技巧，但我还是不知道如何赋予木偶任何动作、行为和情绪，更不要提及正确、合理、生动、感人和灵魂等高级字眼。

哪个木偶遇到了我这样的操控者，就算是倒了八辈子的血霉。在我笨拙的手中，木偶不过是一堆组合在一起的木头，永远成不了什么角色。如果真进了戏，它也只能是仰着、趴着或立着睡觉的废物。从开头至结尾就那么不成体统地沉睡着，与不曾存在又有何异？

回来，走在路上，我边走边在心里暗暗地佩服那些木偶的制作和表演大师。他们手指一动，原本没有生命的死物就有了生命；他们手指一动，原本没有生机的舞台就有了数不尽的角色和故事，以及道不完的喜怒哀乐和悲欢离合……

这样想着，心里便生出些莫名的感念和惶惑。再看走在路上的那些行人，似乎每一个人的身上都拴着无数条无形的"丝"。

丝如提线，从无限的高处垂下来，并不止千条万条，所以他们的动作才流畅、连贯，他们的表情才丰富、自然，他们的故事才更加丝丝入扣、生动曲折。因为操控者从来没有在高处显现过，所以一切又仿佛无人操控。

童　年

　　有人去了落后乡村，在微信里发了一个视频。

　　一开始，我并不知道视频的内容，只是无意、随便一点。没想到，就那么轻轻一点，竟然会惹出那么大的一个声响，轰的一下，时光就退到了四十年前。

　　望着那一群从六岁到十二岁不等的孩子，我竟陷入长久的迷茫。我在那些孩子中仔细寻找、辨认，想确定到底哪一个是我。

　　我也记不清到底是从六岁还是八岁开始，我就和视频里的孩子一样，经常有一大捆体积远大于自己身体的柴压在肩上，趔趄着，行走在高低不平的田垄之间或乡村的土路上。远远看上去，似有几分隐隐的悲怆。

　　其实，过去和现在的很多人并不真正了解我们的心情。当有柴压在肩上的时候，我们的心里并不难过。最难过的是，寻寻觅觅了很久，也没有在赤裸的平原上草原上拾到多少可供背负的柴。所以，那时，我也会像视频里的孩子一样，尽管衣衫褴褛、气喘吁吁，脸上却仍然会挂着快乐、满足的微笑。

不仅仅是拾柴，生火烧饭，挖土豆，背石头，喂猪喂鸡，替父母照看比自己小的孩子，扶着比自己还高的犁犁地，我还要干其他更加繁重的家务和农活。记得十三岁那年，父亲每割完两垄谷子，我就得紧跟着他割完一垄。

后来，我曾经和一些人，比如我身边的年轻人或者我自己的孩子，说起我童年的经历，但没有人相信那是真的。他们没有直截了当地"揭发"我吹牛或故弄玄虚，我却能从他们的表情和眼神中读到明显的不屑。我知道，他们对人生中那些沉重的或有可能耗心耗力的东西，有着先天的反感和抵触。

现在的人们，对待时间深处的过往，往往采取视而不见的态度，就如对待属于另一个世界"信则有，不信则无"的"灵异"事物。当我对他们说起从前的时候，就有人以为我要以自己的人生苦难教训或威慑他们。这也并不奇怪，因为他们和我，或者准确地说，他们的当下和我的过去，并不在同一幅图画之中。

实际上，我无意教训任何人，只想告诉他们一个普遍的真理。人在回忆过往的困苦或苦难时，有时会面带微笑或心怀感念。不但不会觉得有多么难以承受，反而会觉得内心很丰盈、有力量，因为我曾经承担了人生理应承担的重量。

后来，我终于还是醒悟过来。视频里的那些孩子并没有哪一个是我，他们只是我相似的过去，是我遗失很久的童年的幻影。我清醒之后之所以还要一遍遍播看，是因为心中仍有太多的怀念和不舍。

　　这时，视频里的一段歌曲响了起来，是那个蒙古族男孩乌达木演唱的《梦中的额吉》，歌词的具体内容我一句不懂，但我从旋律中感受到一种刻骨铭心的忧伤。于是，泪水从我已经渐渐苍老的脸上潸然滑落，我却不知道那泪水是因那些画面还是因歌曲的旋律而流。

不老泉

又是秋末冬初季节,窗外的树叶开始断续飘落。

五十六年前的这个季节,有一个八十五岁的老太太突然对她的儿子说:"常山呵,我要死啦,快去给我准备一下后事!"

常山是我爷爷,那年他六十岁。当他的背影刚好消失在纷纷的落叶之中时,老太太便把她始终托在掌心里的婴孩放下,永远地离开了人世。从此,我不再有太奶奶。

每到落叶纷纷的季节,我就在想,如果当年爷爷有一杯不老泉水,给太奶奶喝上,我就可以和她共同生活到今天了。总不至于害得我连她的模样都不记得,只能对着一个抽象的称谓感念她的恩情。

传说中的不老泉,泉水里蕴藏着长生不死的咒语,谁喝了泉水,谁的生命就永远停留在喝下泉水的那一刻。可惜,爷爷并不知道这个秘密,就算知道,也不一定有那个运气。因为不老泉的隐藏之地总是出人意料。有时它就在你家的后花园;有时它就压在你家的水缸底下;有时,甚至就藏在某一只矿泉水瓶子里——在一箱矿泉水里唯一喝剩下的那瓶。

家族里的一些人很奇怪,虽然不知如何生,却知道如何死。二十五年后的又一个秋末,爷爷也在八十五岁的年龄离开了人世。清晨,父亲去爷爷的房间时,爷爷已把自己的装老衣服穿好,一应物品打点整齐,悄然离去,似乎他早知大限已到。

我早就听说过不老泉,可惜,也没为爷爷去寻找那泉水。面对长辈们的纷纷离去和自己的老之将至,我现在想,如果真有那样一杯可以承诺永生的泉水摆在面前,我要不要一饮而尽?

不老,的确是一个令人难以拒绝的诱惑。可是,一个人的生命一旦绝对地静止下来,你看到和感受到的又是什么呢?只有你不老,而与你有关的一切却如刻意的背弃,纷纷抛下你,兀自老去。几年后,你的档案年龄很快就累计到六十岁;十年或二十年后,你看到同代人变得苍老不堪并陆续消失,包括你的爱人、同事、亲友;五十年后,你的子侄、儿孙及其同时代的人也一个个陆续离你而去,你仍静静地坐于生命之岸,看时光的潮水席卷着世间万物呼啸而去……

斜阳照在对面一棵蒙古栎上,一树明黄色的叶片尽如片片闪光的金箔,不由得让人产生赞美的冲动。微风轻拂,黄叶已经开始零星飘落,如一个个飘飞的灵魂,在旋转下降的过程中呈现出最后的绚烂与迷离。

这些叶子啊,由嫩而老,由青而黄,经一春一夏的熬炼，终于修成这一季金子般的质地！难道就这样悄然无声地落下啦？

是的，就这样悄无声息地落下！这是一种完成、一种圆满。当一件事情既已完成，还有什么理由要延宕呢？一篇文章已经到了结尾，再写，已是蛇足、冗赘，谁敢继续写下去？除非他有喝下不老泉水的勇气！

包饺子

母亲年轻时剁饺子馅,是双手持刀。两把刀交替着在砧板上翻飞,传出来的声音听起来很像一把机关枪,哒哒哒,连发射击。

那时,我们还小,不太懂得那是一种强度很大的劳动。那急切的声音正暗和着我们心头的急切,让我们感到了一种争分夺秒的快意。

当母亲将剁碎的肉、菜加佐料,搅拌成饺子馅时,父亲和爷爷也加入进来。父亲和面、擀皮,爷爷则找到几样我们猜不出是什么的小东西悄悄包在饺子里。

除夕之夜,在子时来临前的几个小时里,时钟的指针,父母、爷爷忙碌的手,我们不停蠕动的胃以及目不转睛的巴望,都在期盼或催促着一个复杂的流程快快结束,好让一种在中国流传千年的古老食物——饺子,呈现于口边。

新旧更替,岁逢"交子"。大人们怀着一种喜悦且庄严的心情筹备这个辞旧迎新的仪式,盼的是上天保佑、吉祥如意。

而我们这些小孩子，熬过了整整一年没油没水的寡淡日子，只一门心思盼望着尽情享受这一年一度的美食。

因为饺子是未来日子的象征，所以每一个细节都用了心思。面皮要用最好的小麦粉，馅儿要选上好的肉和最"讲究"的蔬菜。在东北老家，做饺子馅必备的两种蔬菜，一种是芹菜，一种是白菜，取其谐音，大约就是"勤劳"而得"百财"的意思。

吃饺子的时刻，一定要在凌晨一点。时钟一响，户外鞭炮齐鸣，室内水饺下锅。一家人在热气蒸腾的岁首，一边吃着可口的饺子，一边幻想着接下来的好日子。可是吃着吃着，每每就吃出了惊奇。

先是我在饺子里吃出了一枚花生，爷爷说，你将来一定能步步高升。接着，弟弟从饺子里吃出了一枚钱币，爷爷大笑，说弟弟适合经商，可以大发其财。现在，只有妹妹没有吃出什么惊喜了，我们都替她着急，鼓励她多吃几个。我想，如果我咬到了什么特殊的东西，就假装不知道，把那个饺子悄悄夹到她碗里，她也就得到了祝福。

终于，妹妹从饺子里吃到了一块水果糖，全家人都乐得喜笑颜开，说妹妹长大后定能过上甜蜜的日子……

日子，果然就迅疾如白驹过隙，转眼就是几十年的光景。如今，我们都到了父母当年的岁数，天各一方，各有归属。当年藏在饺子里的美好祝愿，基本兑现，但并没有想象中的那么令人振奋。

大家只是过着安稳平常的日子，但每至除夕，还是像当年的父母一样，认认真真地包一顿饺子，把美好的祝愿给我们的孩子。

春天里

春风一度,万物复苏。

一颗牵牛子在泥土里迫不及待地探出一片叶子,让路过的小山鼠都误以为它这么早出来,是急于想说点儿什么,但它什么也没说,只是在不长的时间里又探出了一片叶子……之后,穿天杨的叶子也从芽苞里绽放出来,谷莠草、苊苊菜、蒲公英……连最惹人痛恨的狼毒也学着牵牛花的样子,向天空吹奏出翠绿的音符。

这是一个近于狂热的季节——春风摇动阳光的鞭子,四处传达着同一个号令,很快便会有一些鲜明的色彩,梦幻般传遍大地,一切都在一种神秘力量的催促下滋生着、伸展着。

人们兴冲冲地放开脚步或开着汽车奔跑在追逐目标的路上,回首,那面记忆之镜反射出来的影像却告诉我们,我们已经背离了最初的目标,越走越远了。

多年以前,我还很年轻。年轻,就有充足的时间和精力,去幻想,去追逐,或为了一些美好的事物而刻骨铭心地欣喜或忧伤。

那年、那月、那一天，因为已经和一个人约好要在下一个春天到来的时候一同去看桃花，于是，便欣然抛开了一切迷茫、彷徨和忧伤，揣好希望，打点行囊，去赶一程一定要赶到的路程——穿过夏，穿过秋，又跋涉过冰雪弥漫的寒冬……

可是，当我抵达春天的时候，却不见那一树桃花和相约的人。我发现我已经在时间里迷了路。在一个个名字相同的季节里，找不到那扇与往昔相通的门。

我抵达的只是一般意义的春天，而不是那个指定的春天。此后，我继续在季节的迷宫里焦急地穿行，从一个季节到另一个季节，从一个春天到另一个春天，眼看着自己的黑发已经变成白发，却再也没有与记忆中的春天相遇，更不知心心念念的那个人，是否仍在春天的花丛中等待。

春天再度来临时，我似乎突然醒悟。我许多年以来的迷失也许并不是时间中的无序，而是在空间和地点上的错位。于是，我只好沿着记忆之路重返故乡，去一个确切的地点，寻找时间深处的人和景物。

最终却发现，一切都已经不复存在或根本就没有存在过。故乡，原来只是一个空荡荡的地名。我开始怀疑，我是否已经在自己的记忆中迷失了方向。

站在春天的十字路口，我不知道还应该朝哪里走，是返回刚刚走过的那个冬天，还是和多年来一样，继续走那条由夏而秋的老路。问路人，每个人都毫不犹豫地指向夏的方向。

春天，真是一个奇怪的季节，为什么人人都充满信心，只想到开始，却不想结束或结局？

那好，我也从此处开始吧！这时，有风吹过，我信手抓了一把，握在手中，如握一缕无头无尾的、长长的记忆。在一片花红柳绿和百鸟争鸣之中，我怀着隐隐的兴奋，再一次迈开赶往下一个春天的脚步。

冰　上

又一场大雪飘落，在松嫩平原。

此时，查干湖真正名副其实，成为"白色的湖"。不仅那一片曾经水光潋滟的大湖，就连它周边黑色的土地和枯黄的花草，如今也拥有了同样的颜色——"查干"。

虽然，在蒙古语中，查干的意思很简单，就是"白"，但它一旦与一个有着悠久历史的湖泊联系在一起时，就由一个词语变成了一个语境，被赋予圣洁的含义。

《祭湖辞》里有如此赞颂："查干湖，天父的神镜；查干湖，地母的眼睛。"

如今湖上已经结了厚厚的冰，冰上覆了厚厚的雪，也集聚了密密麻麻"上冰"的人。

这是一年一度的冬捕节。"天父"和"地母"早在入冬之初就已经收敛起他们锐利、神圣的光芒。"寒来暑往，秋收冬藏"，所谓圣湖，将以一种"藏"的姿态，以一种红尘里平凡慈母的姿态，开始对湖的儿女进行哺育——那么，就挥起你们的冰锛，赶起你们的马车，拉起你们的大网，喊起你们的号子吧！湖里的鱼虾、岸边的鸭雁都可以尽情地取用，这是一个母亲慷慨的许诺和无限的纵容。

此时，又何须"敬上九炷檀香，插上九枝青松，献上九条哈达，摆上九种礼供"？作为慈母，为了子女们的富足、快乐和幸福，纵然剜目、剖腹又何惧、何惜？想起殷殷的慈母心，总让人心生恻隐。在远离人群、远离热闹和喧嚣的冰上，我踏着厚厚的积雪，一步步走向圣湖深处。沙、沙、沙……脚下传来清脆悦耳、节奏均匀、令人感动的声音，我仿佛听到了圣湖愉快的心跳声或心底没有完全释放出来的歌声。

不远处，四匹吐着长长哈气的马，正合力拉着一盘绞磨在冰雪上转着圈儿奔跑，纷飞的冰雪碎屑和凝在身上的白霜让它们看起来陌生又遥远。此情此景，恍若隔世。我与那些马匹以及驭使马匹的打鱼人虽然近在咫尺，却又如同隔着悠悠遥遥的岁月。辽耶？金耶？清耶？古时的器具、古时的方式，唤起的，自然是关于遥远年代的记忆和想象。

然而，蒸腾的热气和真实的影像及声音却提醒我，一切都在现实之中，这不过是另一种方式的耕耘。农人耕地，渔人耕水。查干湖上的那些放网人，耕冰，也耕种渐行渐远的传说。

这里是冬天，这里是浑圆至圣的母亲湖，这里是隐忍、坚毅的北方，一切都将遵循"藏"的法则，一切都隐在人们目光捕捉不到的深处或暗处。

湖和湖水藏在冰雪背后，鱼虾藏在收也收不尽的网纲背后，绵长的时光藏在无声无息亦无波浪的湖水背后，炽烈的情感藏在被严寒封锁的大地深处，文化藏在种种亦虚亦实的仪式背后，绞尽脑汁的作词人藏在词语和祝祷的声音背后，无边的寂寥藏在人声鼎沸的喧嚣背后……

当然，春天及其所承诺的温暖，也藏在此季难以忍受的寒冷背后。

明暗各半

  人的心，如装在照相机里的胶片，根据进光量的大小感应和映照世间的各色事物，但也如胶片一样，只能承受一定范围的进光量。
  如果光线太强，强到灿烂或辉煌，或者光线太弱，弱到暗昧或漆黑，我们就会失去正常或正确的感知能力，我们的眼、我们的心，就再也映现不出事物的轮廓。
  诗人顾城曾留下"黑夜给了我黑色的眼睛，我却用它寻找光明"的诗句。从前，我一直坚信这句诗的正确性。在我心里，它一度正确得几近真理，但后来发现，人类只是在一定时段、一定程度上是喜欢和追求光明的。
  很多时候，我们惧怕光明，正如我们惧怕黑暗一样。我们的眼睛既忍受不了夜晚的黑暗，也忍受不了炫目的光明。
  事实上，我们只愿意、只能够生活在光明与黑暗之间，或者说，我们只适合在光明与黑暗之间来回摇摆，在黑暗中回避黑暗，在光明中回避光明。

有时，我们似乎很喜欢光明。因为光明代表神性，光明能够照耀我们，使我们的脸和身心变得明亮，神采奕奕，如天使一样。就算平日我们的脸上、生命里有诸多瑕疵，这些瑕疵也会因光的照耀而变得模糊不清，近于神圣光洁。所以很多人都喜欢那种曝光过度的照片，因为那些照片总让我们看起来细腻又年轻。

但喜欢归喜欢，却不能没有限度。当光明大到了一定的程度，我们便不再像我们自己，不再是我们自己，不再有我们自己。因为过度的光明不仅会让我们的影像变淡、变虚，最终从相纸上消失，甚至也能够让我们的生命融化、消失，如伊卡洛斯蜡制的翅膀。

有时，人类也喜欢黑暗。因为黑暗使我们的一些心思和行为，包括我们不便言说或不可告人的梦，免于暴露在光天化日之下，那是一种藏匿或自我保护。黑暗里往往隐蔽着人类心所渴望的秘境，甜、香、惬意和神秘应有尽有。

据说，魔鬼特别善于利用人性中的弱点，通过满足人们的种种欲望而诱人堕落。这样看，黑暗倒很像魔鬼专为人类搭设的幔帐，畏惧者认为阴森，喜爱者却暗自乐在其中。

每当我看到那些曝光严重不足的照片时，就会立即想起人与黑暗的关系。那些照片上完全黑暗的脸，只是一个没有光亮的剪影，一切现实的动机和真实身份都被有意或无意地隐藏起来。你看不清那人的表情，看不清照片上的任何细节，似乎一切都打上了黑暗或夜的印记。神秘是他，阴森是他，遥远与幽静也是他。

人类的种种秉赋和行为决定了人类明暗各半的属性，也就是说，人类的生命里必然一半是天使一半是撒旦，一半是神圣一半是邪恶，一半是高尚一半是卑琐。难怪那些搞摄影的人由始至终都在追求人物面部那明暗错落的光影效果。因为只有一半是光明一半是黑暗的影像，看起来才更像人类，才更贴近人的灵魂，更具有人类生命的质感。

人类是如此的复杂，所以在摄影艺术中，表现人的时候用光也必须复杂，当然最后生成的影像也必然复杂。我们通常把人类及相关艺术的这种复杂和难以言说命名为：生动。

垂　钓

　　小时候喜欢躺在草地上看云彩，与天平行着，面对面交谈。这只是我和云之间的事情，中间当然容不下第二个人。于是，我就不再感觉到孤独。

　　天空虽然无声，却不等于没有语言，云在不停地流动、变幻，一刻也没有间断，谁曾这样不厌其烦地对我说过这么多的话呢？

　　我一直怨恨着自己的一切凝固不动，一切都没有变化——吃的不变，住的不变，每天要做的事情、要去的地方不变，面对的人不变，竟然自己的身体和容颜也不变，所以就很向往白云苍狗的那种无定、无常。

　　那时，我什么都不怕，就怕没有变化。总希望白云后突然伸出一只手来，将我提上云端，从此无拘无碍，谁都无法责怪我不辞而别。

　　梦里千年，梦外一刻。转眼生命里的一切都变得面目全非。我不再想去看流云，闲暇时，喜欢执一把钓竿临水垂钓，把头和目光都低垂下来，凝视那泓静静的水。一直凝视着，把自己凝视成一个凝固的画面。

不知不觉，天地之间竟然发生了翻转。我看见了水下的另一个云天。一片广阔无边的蓝天、一条汹涌、宽广的云河正无始无终，亦无声息地在深深的水下伸展，气势如虹，穿越了空间的界限，同时也穿越了时间的界限。

有一条钓线从天空垂到了水下，也有一条钓线从水下垂到了天空。此时，我辨别不出自己是在白云之上还是在白云之下，哪里是我的来处，哪里又是我的归宿。

曾经听到过一种说法——人类是鱼变的，人死后灵魂要变成一条鱼。如此，我也不知道是我在钓鱼还是鱼在钓我。原来，天有两重，云也有两重，我和鱼儿都被框定在两重白云之间，从高处或幽深处伸来的那把钓竿想钓什么就钓什么。

突然，一条鱼儿上钩，水面上一阵纷乱，我的思绪从水中重回岸上。收起鱼，望望天，天蓝如水，我不由得一激灵打了个冷战。没准儿，在那不可量度的高处，果真就端坐着一个人，也和我一样，突然哪一天心情郁闷，就垂下他的钓竿。

如果饵是一个美丽的传说，钓到的也许正是一个向往美好的灵魂。那边那人手腕一抖，这边人间就有一个灵魂"升天"。

亿万斯年，我们就生活在天河的下面，白云是天河的岸。在我们心中，云之下就是世界的全部，就像鱼儿认为水是世界的全部一样。我们无法看清自己，是因为我们把自己看得太大了；天上那人也无法看清我们，是因为站在云河之上看我们，都太小了。

这就是境界。一种存在和一种境界总是一一对应的。也许，超越境界，总要付出太大的代价。所以，鱼不想人的事，人不想天的事；人不下到水里生活，天上的人也不到云层之上生活。

丁香结

已经很久没有做过如此清晰的梦了。

竟然梦到了春天里的事情。

本来那是一个常常在春天里刮起大风的地域，一个从不平静的草原湖泊，在梦里却意外的风平浪静——鸥鸟在天空盘旋，有时静止在那里，像有人用丝线牵着的风筝；拖着两条长腿的白鹤从蓝色的天宇翔过，一边扇动翅膀一边发出悠远的鸣叫；芦苇荡依然保持着金黄的色泽，春草则刚刚从白色的沙土地上露出翠绿的芽尖……那个本来就像梦境一样的院落，依旧宁静得连一个人影、一点儿噪声也没有。

我和她，并没有相约。因为每一个命里该有的人，没有一个是约来的，而是本来就在的，突兀而自然，就像来自自己的内心和意念。

她就站在那里，站在我对面的丁香树下。同样突兀的一棵丁香树，突兀的花开，远远超过我们一贯认知的"如火如荼"。它的声势似乎比燃烧的火更加巨大，怒放成一团紫色的云，风吹不散，雨也浇不灭。

丁香花艳紫色的光映照在她明媚的脸上，使她看起来也像一束紫色的花，那么羞怯而热烈地开放着。她只是微笑着站在那里，什么也没有说，妙曼的眼波如微波荡漾的湖水，把我注视成水上的一叶小舟。其实，她不用说什么，她内心的一切我也明了。

语言有时很碍事，不管多么透彻的事情一经语言就不能完全表达，就含糊了，就有了不尽之意或歧义。语言，充其量只是心与心难以相通或彼此阻隔时的一座桥梁或一扇无法完全开启的门。

空气中弥漫着淡雅的幽香。很难辨别那芬芳是来自那棵硕大的丁香树，还是来自她的身体。触摸的冲动和渴望让我们靠得更近……现在，我们依偎在一起，要在丁香花簇里寻找一朵具有特殊意义的花——五瓣丁香。

据传，世间的丁香花尽是四瓣，就像美好但有朝一日必然凋谢的爱情一样，没有例外。如果谁能够在丁香花簇中找到一朵五瓣丁香，花神就会慷慨祝福，应许其一份永恒的爱情。这是挑战，也是诱惑，我不相信我们会找不到。

果然，天意不负虔诚之心，就在那簇伸手可及的花团里，隐约闪现出一朵五瓣丁香，我们一同伸出手，刚刚触摸到……倏然，梦境消散……

醒来，窗外正下着一场春雨，雨水从屋檐滴下，敲在金属物体上，发出凄凉的声音。回想起300公里之外的那所建筑，早在一年前被夷为平地，如今已是一片空无一物的荒场。

意绪寥落，闲翻百科，忽然看到这样的记载：丁香，木樨科，属落叶灌木或小乔木，花序硕大，花色淡雅，芳香……古代诗人多以丁香写愁，因为丁香花多成簇开放，好似结，故称为"百结花"。

一整天，我的脑海里尽是梦里的丁香，花分四瓣，怎么看都是一个美丽而芬芳的"结"。

磨刀石砚

北方十二月的天空,如果遇晴,总是蓝得透明。透明,如同深不见底的忧愁。

这样的天色,刚好搭配地上的白雪、雪中的老屋和老屋门扉上大红的楹联。

三十年前的这个时节,正是父亲最忙碌的时刻。他要赶在年关来临之前,把半个村庄的春联写完。而我,在这个百无聊赖的周末,除了凭窗遥望时间深处的往事,竟然不知道要做些什么。

三十年的岁月显然已十分悠远,但回首时,仍然通透,如没有杂质的一泓秋水。

秋水之外,我看到父亲正用粗糙皲裂的大手从瓷碗中掬起一捧清水至一块绿色的方石上。然后,捏一块落满灰尘的墨,聚精会神地研磨……

那年,来自长白山区的远亲来家里走动,带给父亲一方磨刀用的山石,但由于石面微凹,体积偏大,不合用,便被随意弃于墙角。年关临近，旧砚台不翼而飞，来求对联的乡亲却携纸张立等于门外，父亲急中生智，把磨刀石从灰尘里拾起，做了"替补队员"。

父亲一生时运不济，心愿难遂又英年早逝。幼时家贫，想读书读不起，匆匆读过"高小"就怀着无限的遗憾成为农民，但他一生偏爱读书讲古、舞文弄墨。一副春联，对他来说，不过是小菜一碟，转眼间一挥而就。

说也奇怪，那年以磨刀石为砚磨墨写出来的字，格外的沉实饱满，字字浑厚，似有石的质感。春去夏至，家家门前的春联，经过数月的风吹日晒，红纸已经褪去了鲜艳的颜色，但那墨迹的底色依然清晰。

多年之后，长白山区山民们用的一种磨刀石，被开发成优质的制砚之材。据说，那种石头正是在中国制砚史上神秘消失了几百年的松花石。在大清康熙王朝或乾隆王朝，松花砚曾贵为百砚之首，被奉为当朝至宝，并寓有"质坚而温"的品格象征。

根据纹理、特性的描述，基本可以推定，早年父亲用过的磨刀石就是没有经过雕琢的松花石砚。可惜的是，它竟然落在了那个年代、那个小村庄以及终生不得志的父亲之手。

原来，石头也有自己的命啊！

落 花

起风了。洁白的花瓣如受惊的蝴蝶，纷纷从枝头上四散而去。风稍定，则纷纷栖落于地，如一层静静的雪。偶尔，又会有花瓣犹如不甘静止的翅膀，做出一张一合的动作。

多年前，有人曾对我说花瓣如雨，那是树的思念。我不解，因为当时还不懂。确切地说，我还没有从浅淡的人生阅历中厘清，何为思念和为何思念。春风得意之时，繁花似锦、如胶似漆之际，某种潜藏的力量如冬眠的兽，刚刚从蛰伏中醒来，生命之火在旺盛燃烧，恣肆、热切，又有几分狂野，谁会想到未来的天各一方和黯然神伤呢！

又一阵风吹来，似乎比之前更加猛烈。树上的花瓣继续飞离，在耀眼的阳光下，有的如匆匆滑落的流星，有的如闪着银光的飞蛾，先是向上跃起，然后回转、盘旋，似在寻索，又似要返回枝头，却终于从树枝的另一端飞远。

其实，黯淡与寂灭，从最初的绽放就已经开始酝酿，所以，不舍的相拥总如告别，极度的快乐总似痛苦，最动情的微笑也总是蕴涵着隐约的凄凉。

到后来,满眼的树木,果然就芳华散尽。树木们将纷纷缄口,不再提及春天里的事情。在人们的指指点点中,慌忙扯几片绿色的叶子,遮住一度赤裸的枝干,仿佛另一季的忘情绽放已成一件不堪的往事,羞于示人。

我常常在浓荫如伞盖的夏天,回想起春天的简单与丰富,但一切俱已远去,曾经的绚烂与芬芳,曾经的交托与接纳……我理解的思念似乎只与季节相关,尽管时空已经被声色充盈,但一切似乎并不存在,我的心是空的。

我并不愿意去想春天之后的树,但每一棵树必然走向春天之后。春天之后,往往会有各种各样的鸟儿,如飞翔的石头,从天空射向树,树却不会为之所动,不再有任何回应。那时的树已经羽翼丰满,重重叠叠的叶片如盛装、如铠甲,严严地遮盖了它的肢体和心,就算是高速飞行的子弹也无法在树的枝丫间留下战栗的痕迹。

还是把思念的方位定在很久以前的某一个春天吧!那时,我们肩并肩走在春天里,和那些开花的树一样。阳光像一簇簇金色的箭矢穿过树,穿过树上的花蕊,也穿过我们贴在一起的心。

为了让季节相信、为了让风传颂生命深处的那一缕芬芳,我们曾奋不顾身地绽放,以带着血丝的洁白和一次次震颤灵魂的开裂,反复描述一场疼痛与喜悦相伴相生的繁荣。然后,凋零,一层层脱落梦的羽毛,我们沉重的身体释放出千万种姿态各异的飞翔……

多年后,那棵在风中战栗的树,仍在风中慷慨地挥洒一树繁花,我却从梦中醒来。我并不是一棵树,我本无花可落,却要坐拥许多苍老的叶片,静待秋天的发落。

柳　叶

那年，我们都还年轻。二十岁到三十岁的样子，爱文学，爱生活，也爱一些我们认为可爱的人。但谁也想不到柳叶会爱上比她大二十多岁的老金。

柳叶，在我们这些文学青年的心中，不论是这两个字的意象，还是作为人名所对应的形象，都是清秀而美好的。联想中，她总是与春风、夜雨、莺声、燕语有关，所以柳叶有傲视群儒的资本。

一袭长裙，有时是纯黑的，有时是洁白的，有时是大红的，在人群中飘来飘去，如入无人之境。任你艳羡、赞美、迷恋、挑逗……全都不能让她心有所动。

她始终微笑着，在众生间飘来飘去，仿佛众生的喜怒哀乐、美丑善恶都与她无关。那态度让人想到，什么植物开出什么花，什么花发出什么气味，都与风无关。

老金的人与文，我们都认为乏善可陈。文不过粗糙、生硬的语句中透出些原始、狂放的气息；人不过油腻的目光和言行中透出些可疑的缱绻和温暖。可能，这两种"药性"截然相反的"制剂"，投放在柳叶心中，就发生了奇妙的化学反应，成了《仲夏夜之梦》中点在仙后眼皮上的那滴魔法药水。莫名其妙的爱情，在柳叶的心里，像TNT炸药一样，被某一个秘密的引信点燃了。

爱情，有时会以花朵开放的形式绽放，有时却以烟花燃放的形式绽放。柳叶的爱情，则是以彗星划过天际的方式展现于人们的眼前，似飞蛾投火，似一片嫩叶在狂暴的风雨中战栗。这攻势早把老金吓得魂飞魄散。原来老金在品格上，不过是一个外强中干、虚与委蛇的"叶公"。

在接下来的伤害和自戕中，柳叶优雅、从容、不为外物所动的形象荡然无存。当一只受伤的蝴蝶，突然在泥水中拍打翅膀的时候，善良的人们并不知伤在哪里，只感觉到心是痛的。当柳叶在自己的家中以自缢的方式结束了年轻而美丽的生命时，小城里所有的嘈杂和喧嚣都戛然而止。人们沉默了，千万人声调一致，共同发出一声长长的叹息。

记得，以前看过一个文艺电影，有个做刺剑表演的女郎，她以冷漠、无畏的天性，实施着一种奇怪的魔法：任一柄锋利的长剑在她身体的任何一个部位进进出出，而不受任何伤害。后来的某一天，她情不自禁地爱上了一个看客。结果，当天她就死在了刺剑表演的舞台上。连她自己也不知道，原来正是她心中的爱情，破了她身上的魔法。

如果不是因为爱，柳叶或我们所有人类的心，也不至于这般的脆弱，动不动就感到疼痛，动不动就被击穿，现出无法弥补的黑洞，让血、泪和生命之沙从中流尽。

柳叶之后，很多热衷谈爱的人，都对爱情产生了深深的忌惮，谁也不敢再轻易触碰那道藏着魔法的咒语。

梦　里

初遇少女树枝,是在一条山间的小溪边。

深秋的风在冷冷地吹,树上的叶子断续地飘下来,一片片落在树枝的头上,她似乎浑然不觉。她的一双大眼睛明亮如闪光的秋水,全神贯注地凝望着小溪。无遮无挡的阳光如茂密的箭簇纷纷射进小溪,又从小溪折射到树枝的脸上。

此时,她的目光比阳光更加锐利,像两把锋利的剑,迎着光簇,穿过溪水,径直射向溪水中石头的缝隙。树枝说,她看到水中有很多的鱼,她要把它们抓到手里。而我却什么也没看到,空空荡荡的小溪,除了没完没了的流水,似乎什么也没有,就像我们空空如也的日子。

我沿着小溪走回家时,树枝和比她小两岁的弟弟,却执着地守在小溪边。那天,我头脑中的想象竟然和实际发生的情景完全吻合——当黑暗来临,月亮升起,水里的小鱼变成了一根根银条,抓在手里滑滑的、凉凉的,惬意而充实,这感觉让树枝着迷,终至流连忘返。据说,那天她父母在山里找到了深夜，才在小溪边把树枝和弟弟找到。

小溪其实也是一条路，水可以在里边行走，人也可以在里边行走，只不过人和水都不愿意承认这个事实。小溪连着村庄，也连着城市。尽管平时我和树枝总是各回各家，可是只要一出门，我们就会发现，我们总是走在同一条小溪里。只是由于我走得快她走得慢，我们便不知不觉地拉开了一些距离。

当透明的溪水流淌成黑色的街道，我和树枝在城市里再度相逢，从外表上看我已经比她苍老很多。我已经沿着城市的街道孤独地奔跑了很多年，关于从前的那道小溪、小溪里的鱼、照亮溪水的月光以及那场秋天里的风，都已经在旷日持久的奔跑中转变成心底的情感。甚至，连那些从树上落下，又随流水逝去的落叶，都成为我内心的渴望，但我一直找不到一个合适的人表达这份情感。

当树枝出现在我的面前时，我的头脑依然保持了足够的清醒。我并没有把她当成被自己弄丢了的另外一部分自我，我只把她当成了另一半自我确实存在过的见证人。

当我站在街边，死死地盯住她并叫出她的名字，就像她当初死死地盯住小溪里的鱼一样。她连看都没有看我一眼，虽然脚步停了下来，双眼却依然遥望着远方，好像在紧紧盯着一个很怕失去的目标。我问她是否还记得我，她说不记得。我问她是否记得秋天里的小溪和鱼，她也说不记得。

只有在我大声叫出她的另外一个名字的时候，她才如梦方醒，问我为什么会在这里，这里到底是什么地方。

"你还记得我吗?"

"记得!"

"知道我是谁吗?"

"你不就是那条溪水里的鱼吗?你让我找得好苦啊!"

她眼里的泪水扑簌簌地流了下来。

孟冬之月

冬分三月，孟冬为初。这正是"天气"上腾，"地气"下降，天地间气息难以通达的时节。此时，一味地回想那些温暖而美好的女子似乎就有些不合时宜了。

天和地、男和女、心和心，都靠着一脉气息相连，不交则不合，不合则不通，不通则闭塞，闭塞而成冬。原本情投意合的一段尘缘怎么会说断就断了呢？古籍里说："是月也，天子始裘。"堪称"人精"的古代帝王率先用动物的皮毛把自己包裹起来。他应该最知道，无论世道、人心，还是变来变去的情感，都会不可阻挡地运行到"冬天"。在冬天里，我们也只能面对冬天的现实。

刚刚入冬的冷，往往让人难以忍受。之所以难以忍受，并不是因为温度有多低，而是因为它在人们还没有思想和情感准备的情况下，搞了袭击。很多人记忆和感觉里仍满是温暖，却被冷猝不及防地攫住，于是就难免本能地把脖子缩进衣领，用单薄的衣衫裹紧自己和自己那颗颤抖的心。

我并不想纠缠或流连于往昔的温暖和甜蜜。我懂得,春天的浪漫、夏天的热烈和秋天的灿烂都将更加强烈地反衬出冬天的肃杀,而我只能遵循冬天的指引,继续赶往寒冷的深处。

然而,理性的坚持终究无法战胜感性的执拗,我的双脚最终还是挣脱了意志的束缚,走进了那座往昔的葡萄园。事已至此,也只好忍看满园的破败和满目的苍凉。

那些恣肆开放的花朵呢?那些往来奔忙的蜂蝶呢?还有那些在雨水中战栗的叶片、在风中摇曳的枝条,以及花一样迷人、叶一样勇敢、和熟透了的葡萄一样甜美的那人呢?第一场霜冻之后,葡萄树上的叶子已经落得干干净净,而积攒了一夏一秋的果实,也不知是被风吹去,还是被人掳走,如今只有一蔓裸露的枝条,空空荡荡。

相信每一棵葡萄树也都和我一样,只顾在季节中前行,并没有留意是谁以怎样的方式剥夺了自己往昔的丰盈与快乐。一点一滴的流逝在没有最终消逝之前,是不会让我们有所察觉的。我也是猛然回首才发觉那人早已不在身边。

令人意外的是,有一串依然饱满、润泽的葡萄,仍然悬挂在一蔓葡萄藤的梢头,像某种生命的图腾,被高高地擎在空中。看来,它是执意要与藤蔓在共同的厮守中相拥成冰了。这残留未去的葡萄啊,究竟是一种不肯泯灭的记忆,还是不甘了断的恋情呢?如果是一种恋情,就应该叫不离不弃或矢志不移吧!

即便如此,又能怎样?结局终究还是要到来的。雪一下,油黑油黑的葡萄就如围上了白色的围巾或披肩，俊俊俏俏的，样子美丽又忧伤。这令人心疼的女子就要远嫁天涯啦！此一去，不消说山重水复，前路茫茫，再相见，总该是几遭几劫之后的另一世尘缘了。

老牛茶

春日的阳光透过玻璃窗，洒在案几上，淡淡的，像是流了几十年的旧时光，既没有灼人的热度，也没有刺目的锋芒，慵懒而散漫。

我们喝着下午茶，心情亦如涣散的流水，无法在某一个固定的时间点上长久停留。忽抬头，见窗外那片开阔地上，一个衣着鲜艳的小女孩，在刚刚有了一点草色的土地上低着头寻寻觅觅，偶尔蹲下来摆出一个采挖的姿势，很专注、感人的样子。光线从侧面照射在她的头上和浅色的衣服上，让她看起来明亮又通透。虽然我看不清她真实的面容，却觉得在哪里见过她，最近，或很久以前？

我问身边的女人："那是你吗？"她不置可否，莞尔一笑。那笑容却显得很遥远，差不多有三十年的距离。

可是，那女孩究竟在寻找什么呢？

三十年前的故乡，当春天急匆匆跑来时，总是夹裹着漫天风沙。女孩们走在上学或放学的路上，要用一条纱巾把脸严严地包起来，走路时要迎着风，倾斜着身子，衣襟和纱巾一齐向身后飘去，发出呼呼的声响，像飘扬的旗帜。风停下来歇息的时候，她们反而不急着赶路了，像鸟儿一样飞到路边的沙地上，俯下身，凝视着一尖儿细细嫩嫩的草芽，以极细极柔的声音唱："青草青草你发芽，老牛来喝茶！"

老牛果真就来了，低下头以唇触地，像是在嗅，然后若有所思地转身走开。或许是老牛天生没有那份福气，粗糙的口唇根本就拾不起那么甘甜却细小的芽尖儿；或许是老牛心怀悲悯，根本就不忍心对那么娇嫩的芽尖儿下口，它要等到芽尖儿长大，长至夏的丰腴或秋的饱满，再来"喝"下这杯多味的茶。

我已经记不得那年我到底多大年龄，也不记得是否和沙地上的某个女孩立下过什么誓约，但从此，我开始了年复一年的等待。至于等待什么，我也不是很清楚，是等待一个情景的再现，还是等待一个约期的临近，或只是等待光阴的流逝？

没有目标的等待令人疲惫，有时也想怀念一点儿什么，却同样抓不住怀念的目标。我已经搜遍了所有的记忆，没有一张清晰的女孩儿的脸，也没有一句意义明确的话语，只有那个草色朦胧的春天，只有那几芽儿青青翠翠的"老牛茶"。

之后，我问过很多女人是不是当年那个唱"青草青草你发芽"的女孩，很多人矢口否认。于是，我便隐约感到，那个女孩很可能就没有从当年的那个春天里走出来。如果窗外的那个女孩正是滞留于时间深处的那一个，那么我此刻就能猜得出她正在寻找什么。

"春天啊！"当我轻轻说出这几个字的时候，并没有人在表情上或语言上给我以回应。

我深深地呷一口茶，却发现原本清香的"明前茶"，沏浓了或放久了，竟然如此苦涩！

立 秋

不知不觉,天就起了凉风。但那风里面夹带着的凉,并不是来自清早的白露,也不是来自昨夜的幽暗,而是来自一个更加遥远、神秘的居所。

从立秋的那一天开始,天空里的凉意就不可逆转地一天天明晰起来,纵使艳阳依旧如火,但还是驱不散那忧愁一样丝丝袅袅的凉。

从前,家里种着两棵葡萄树。每到秋天,母亲就会指着葡萄树对我们说:"你们就是那些葡萄树上的果儿啊!"

母亲这样说的时候,可能就暗指自己是葡萄树吧。树是苦的,果是甜的,正好也暗合生命与生命的传承、互动关系。但这只是我的猜测,她终究没有把话说明白。

凉风一起,葡萄园里的葡萄就变了颜色。对于从前那种结结实实的翠绿,应该怎么理解呢?叫少不更事吧!秋水因冷而净、而澄澈透明,但也因此而透射出忧郁的况味。然而,葡萄的心境却是很难猜测的。每一粒葡萄脸上初露的酡红,不知道是缘于对夏日阳光刻骨铭心的记忆，还是缘于对未来某一时刻的畏惧。

也许，这正是生命进入成熟期的必经之路——有渴望，也有羞怯；有透彻，也有暧昧；有留恋，也有忘却；有袒露，也有设防；有勇气，也有恐惧……对于葡萄来说，越来越大的昼夜温差，就相当于人生中的冷暖炎凉和起落波折。预料到了生命进入"老境"后的苦涩，葡萄便开始拼命地吸纳营养，积累糖分，让生命变得甜一点儿，再甜一点儿，是为了抵御苦涩，也是为了冲淡苦涩。

其实，不事收敛的腾云驾雨和一往无前的甜甜腻腻，都不是生命的本意和应有的况味。可靠的品质和成色无不来自反与正、阴与阳、逆与顺、难与易的博弈与制衡。谁敢相信不是为了抵御热而生的冷和不是为了抵御冷而生的热？谁敢相信不是为了平衡苦涩而积蓄的甜和不是为了消解疼痛而施行的抚慰？谁又敢相信不经过煎熬、挣扎和抗争而得来的愉悦和自由？

想起持续了整整一个夏天的干旱，就想起了自己从前的困苦贫穷，但我并不知道那些植物是以怎样的方式渡过了那可怕的煎熬。想象中白天的酷热和夜晚的低温，像两条鞭子一样轮番抽打着它们，让它们不得不将根系扎得更深，更紧更牢地"攥紧"大地。

深深地呼吸，一口冰冷，一口灼热，在它们没有被这苦难摧毁之前，完全可以将其理解成一种生命淬火的必要程序。光从它们的叶脉上折射出来，仿佛一个神秘的微笑，一闪即逝。

艰难的日子已经过去，从现在起，季节进入了秋天。当一生的苦涩与炎凉在葡萄们的内心化作甘甜时，它们就可以无声而又庄严地宣告："成了！"

收获的日子渐渐临近，母亲却在某一小城的十层楼上，一脸虔诚地听妹妹为她解读经典。对最后的评判、结局，她似乎并不关心，也不动心。看起来，她既不像那养育了一树葡萄的葡萄树，也不像那即将提篮子来收获的人。

莲

或许出于她父亲的意愿，或许契合了一个女孩的自性，莲的名字很干净简洁，就是一个单音节的莲。

一袭白衣，长发素颜，妙笔生花——看莲画莲时，总让人有一个错觉，画里画外的两枝莲正在一同开放。

可惜的是，莲也如莲一样，没有太多红尘里的福气。供职在一个行将倒闭的编辑部，只能委身于污泥一样的人际关系，苦守那点儿像空气一样稀薄的薪水。

宋朝周敦颐的《爱莲说》有"予独爱莲之出淤泥而不染，濯清涟而不妖"之语，但我想，莲之所以耀眼，是因为那更是一种昭示，昭示一个生命因逼仄而升华的觉悟过程。

杂志社是个人承包的私企。老板霸气，善以最低的工资换取最多的劳动，且全社四个女编辑有三个被他"潜规则"，被"潜"女人既然成了自己人，薪水便免发，齐心协力，共渡时艰嘛！

现在，就差莲一人没有成为团队里的"核心层"了，老板软的硬的各种招法用遍，一门心思要将莲"收编"。

这是一举两得的好买卖呀，既能饱色欲又可以把编辑成本降为零，很值得铤而走险。于是，打压，与其他女编辑合力打压；不成，就试图强行施暴。

当老板找准机会将编辑部的门锁死时，莲一跃上了窗台："你再向前一步，我就从这里跳下去！"好在老板经过这么深的商业浸泡还残存少许人性，没有继续前行。

皎皎者易污。一池浊水半塘淤泥，小小的莲，置身其间，已入险境，更兼命运无情，一向不顾及谁的品质与心性。忽一时池水暴涨，泥浆与粪水一齐升腾，不容分说就降下了灭顶之灾。此时，不要说"出淤泥而不染"了，就是保全个败絮残柳身也不是件易事。

事已至此，只能怪莲的父亲。世间那么多可用之字，为什么要单取一个莲字？莲非凡俗之物，岂可轻易遂俗人之意？传说释迦牟尼成佛后，起座向北，绕树而行，一步一莲花，共十八朵。从此，莲便与"神圣"和"圣洁"两个词结下了不解之缘。既然圣洁，自然与俗世的缘分极浅。

莲，宁可喝西北风，在风的搜刮下瘦死，也要维持住尘世间最后一点清白。她决定辞去编辑部的职务。

之后的日子果然就过得像风一样清贫，辗转试了很多地方，莲都无法落脚、扎根。后来，她干脆剪去"三千烦恼丝"，隐入空门。

之后，世间不再有那个白衣、长发的莲，却有削发为尼的莲，依然在日日画莲。每逢有缘人，她就送一幅素莲。

莲送我的那幅画，我曾悬挂于书桌对面，抬头可见。常常，我会望着那幅画问自己一个没有答案的问题——莲的经历，到底是悲剧还是喜剧？

所谓悲剧，就是把美好的东西毁灭给人看。莲的世俗前程是毁了，但人并没毁！相反，她纯净的自性还因此而得以保全。

那么，她就是现实中一根闪光的芒刺吧？锋芒一展，就让我们这些蒙尘的心感到疼痛，从某种麻木和混沌中醒来、顿悟。这便是"了"，于是又上升至宗教层面。莲，总能让我们看到莲花盛开。

老红梅

多年前的一个冬日夜晚，我一个人坐在灯火昏黄的宿舍里，心里空虚而孤独，一遍遍听着一首当时正在流行的歌曲《红梅赞》——

"红梅花儿开，朵朵放光彩，昂首怒放花万朵，香飘云天外……"

歌词中性，不知所指，曲调却委婉柔媚，洋溢着某种近于爱恋的柔情。听着听着，心里就泛起了一种莫名的思念。思念什么呢？家乡？亲人？一份朦胧、遥远的情感？

临近年关，学校已经开始放寒假。同寝室的同学纷纷在晚饭前离去，只有我的火车在第二天早晨出发。那时年少、敏感，很容易从庸常的生活里咀嚼出忧伤和苦涩。

第二天下午，火车到小站大安北中转，突然想起还没给父母买过年的礼物。可是摸摸口袋，就剩下十元钱。这是我每月从十七块五角助学金里一点点往外紧，紧出来的一点儿"盘缠"，晚上还要用于住店。

我内心纠结着，脚步却在不自觉地移动，一会儿就走到了站前的"供销点"，一眼看好了货架上摆放的一款红梅牌葡萄酒。可是攥了攥手中可怜的十元钱，还是忍住了冲动，垂着头，走了出来。

走着走着，心里又不是滋味。父母含辛茹苦把自己养大，刚熬到出头之日，能在大城市读书，理应表达一下自己的感恩之情嘛！怎么可以两手空空地面对他们？是的，他们并不会在意，但我会在意！

"大不了今晚就在车站的长椅上熬一夜，只要能换父母亲开心，也值！"

最后，我还是狠狠心、咬咬牙买下了两瓶红梅牌红葡萄酒。有两瓶葡萄酒撑腰，心情和感觉自然就大好。

过去农村逢年过节以喝白酒为主，我家因为有个在外边念书的人，所以就显得与众不同。那两瓶酒到底让父亲留到正月请客时才打开。在座的，每人分一小杯，尝个新鲜，听到大家异口同声地说好，父亲的脸上露出了得意和自豪的神情。

想那时的情景，恍然如昨，但现实早已经物是人非。转眼，父亲都过世很多年了！

春节前，去超市给母亲置办年货时，突然又想起了多年以前的情景。如今的日子宽裕了，买几瓶酒已是微不足道的事情。但自从父亲去世后，家里没人愿意喝酒，所以餐桌上很少有酒。今年，我却很想再尝一尝"老红梅"的味道。心念一动，就顺手买了两瓶。

老红梅 ‖ 91

吃年夜饭时，我早早地把那两瓶"老红梅"摆在桌子上。

酒开启后，散发出来的香气仍然是多年前的那种感觉。

多年以前，全家人要等父亲最先端起杯喝完第一口酒，才可以动筷进餐。现在，弟弟妹妹们却都在等我。

唉！我端起酒，一饮而尽。顿觉有一种似曾相识的味道洋溢于喉舌之间——那是记忆的味道，也是岁月的味道——仿佛昔日重来！不知不觉，泪水就盈满了我的双眼。

老　屋

昨夜，又梦到了故乡的老屋。

老屋是中国东北独有的泥土屋——泥土墙壁、泥土屋顶和泥土地面。如今，房顶的荒草已经盈尺，如一蓬乱发在秋风里茫然抖动，阳光如明亮的手指，徒劳地在其间一遍遍穿行，却总是理不开那郁结着的凌乱与凄凉。

墙体上，那些雨水或风爬过的印迹，或者说曾被岁月雕琢的道道沟痕，在锐利的光线的勾勒下，变得更加深重、清晰起来，明暗相间，凹凸不平。想来，那就是老屋脸上的皱纹了。半张半合的门，如半张半合的嘴，差不多已经失去了顺畅呼吸与发出声音的能力，更失去了表达某种经历和情感的能力。

"可是，我就是你的故事和情感啊！难道你不记得了吗？"望着老屋茫茫然的神情，我几乎在梦里喊出声音。往事历历在目，仿佛一切都在昨天。"那一群快乐但无所忌惮的乡间少年，经常被直直地说出来或挂在脸上的心事，整天叮咛不断、严厉却温暖的双亲，还有檐下那窝飞来又飞去的燕子……"

这时，那座早已无人居住的空房子，突然在我眼前化作一个苍苍老者，神态索然，面无表情。从他毫无光亮的眼睛里，我看到苍苍茫茫、空无一物的遗忘。老者的面容似陌生又似熟悉，但一时竟想不起在哪里见过。接下来的很长时间，我都深陷于一种执着的回忆和猜想之中，一心想确认这老者的身份。

我想到了悬在祭台上的祖先画像，想到了过世很久的祖父和父亲……当想到我自己的时候，我的心突然一阵紧缩，震惊和不甘像一记重拳，把我从梦中击醒。

醒来，我久久对镜自照。自照，并不是一般女人的那种心态——审视自己哪里需要进一步修饰、打扮或干脆沉迷于某种孤芳自赏，为自己的漂亮或好看而深深陶醉。我满心惶恐和惊惧，只是为了仔细比照一下，我的鬓发、额头、眼尾、脸颊、嘴角和神情，到底哪里像那老屋。

突然，有一丝感念像低飞的燕子倏然掠过心头。

于是，我眼前浮现出各种各样的房子，新的、旧的、住人的、不住人的、主人在的、主人暂时不在的、倾颓的、坍塌的、已经失去了踪影的……很多人，像房子的魂，纷纷游走在房子之外，有人在寻找，有人在等待，有人在赶路，有人在约会，有人则再也回不到自己的居所。

现在，我不再为房子的新旧而纠结，我只祈祷，在每一个夜晚来临的时候，每一个行人都能够回到自己的家中。

结

闲翻旧书,突然从书页间落下一物:一截黑色的旧鞋带,歪歪斜斜地打着简单的中国结。原来,那是一段险被遗忘的故事。

那年,我在一个偏远的小市任职,工作之余带几个志愿者去慰问一个精神分裂患者。

一个白发苍苍的老妇人,病史长达四十三年之久。如果不开口说话,她那份举止上的安恬与目光里的温和,不会让人感觉有任何问题。但当她一开口,你就会发现,讲话的那个人和眼前坐着的简直就不是一个人。她脑子里装的东西和我们所预料的,相去千万里之遥。给人的感觉是,她身体里住着的并不是一个人,而是两个人,而且两人性情各异、互不相让,一会儿这个出来说两句话,一会儿那个出来打一个手势或做一个表情。像一个没有指挥的仪仗队,有人迈左脚,有人迈右脚,有人扬手,有人高呼。

老妇人招呼客人的方式很特别,见到男性就叫大伯,见到女性就叫大婶或阿姨。这时,她的情感与记忆仍停留在四十三年前,她刚好二十八岁那年。因为恋爱失败,她就在那个时间点上迷了路,两个自我失散了。一个她渡过了时间之河,继续前行,带着她沉重的肉身;另一个她却坐在时间之河的那端一蹶不振,沉湎于失意与疼痛,偶尔抬起眼看一看过往的行人,仿佛在看某年某月曾在某地见过的亲人。她温和的天性让她乐于开口说话,但一开口就暴露了她的迷乱。

她喜欢听歌,听那首她二十八岁时天天挂在嘴边的《小二黑结婚》,也喜欢打"中国结",那种简单却结实的死结。当她狂躁时,身边的人一唱这首歌,她就安静下来。也许那时她觉得,人生刚刚开始,一切都来得及,一切都可以重新开始。她一安静下来,就不停地打那简单的"中国结",随意抓过来什么,布条、鞋带、头绳、草叶……然后,专心致志地打,似乎要通过这种方式系牢些什么。

其实,我也和很多人一样,爱听歌。并且每听一首过去的老歌,心总会随歌声飞回到过去的那个年代,想起那时的人、那时的事,甚至沉湎其中、久久流连。想来,我等这般的投入与忘情,又何尝不是一种"分裂"呢!不同的只是我们经过短暂的分裂之后,最终没有忘记回归现实,让那个悄悄出走的我与现实的我合二为一。

告别时,老妇人突然挡住我,把一个用鞋带系成的黑色的"中国结"举到我面前。那一瞬,我的心被老妇人柔和而坚定的目光刺痛。我满怀哀伤地收下并收藏了这颗被命运之刀割成两半的心。

之后的很长一段时间,我总是忧郁、恍惚,在内心一遍遍提醒自己,要告诉那些肯听我说话的人,不管何时何地遇到了什么人什么事,要记得,一定要把坐在地上不肯离去的那个自己随手拉起。

荒园之猫

在那片荒芜的园中,在那条荒芜的小径上,我已经独自走了很久,才听到身后的脚步声。如果,那脚步声只是隐隐约约或若有若无,我也就不打算回头。虽然我内心一直期盼着孤寂中能有一个陪伴,哪怕是一只安静的猫,但凭空听到声响,心里还是莫名其妙地生出了恐惧。

脚步声越来越近了,不由得我不回头。回头一看,眼前的景象让我震惊。那是一张消瘦、白皙、美丽而奇异的女人的脸,近得几乎贴上了我的脸,一双大眼睛非梦非醒,荡漾着迷惘与渴望的光芒。我能感觉到自己的心在狂跳,也能感觉到她的内心有着和我同样的恐惧和兴奋,但她的身体并没有丝毫的退缩,甚至连半步都不肯向后挪动。

"你想干什么?"这声音在我心里的时候是刚硬的,冲出去应该有一个很大的、近似于呵斥的音量,但刚刚越过口舌就软了下来,软得近似于呢喃。

"我想找你说说话。"她说这话的时候,羞赧地垂下了眼脸。这个表情一下子就扫光了她脸上的精怪之气。

"我不认识你,也不想说什么。"我努力提高声音的硬度。

"我知道你想,我听到了你心里的一遍遍呼唤,否则我也不会来找你。"

这句话让我感到了莫名的羞辱和愤怒,我讨厌别人解开我内心的隐秘。我毅然转过身,希望一句话把那女人甩掉:"你想说什么?"

"我想和你说说我们内心的荒凉和寂寞。"从她的声音能够听出,她可能是误会了,把我的恼怒当成了感兴趣。

"我没有什么荒凉和寂寞,就算有,也不可能与你的重合……我希望你不要继续纠缠……"我一边快速前行,一边像扫射一样对她进行轰击。

不知什么时候,我发现身后已经没有了声息。猛回头,那人已不知去向。雪地上除了我前行的足迹,不远处还有一来一往的另外两行足迹。细看,竟然是一种猫科动物的足迹。我顿时毛发倒竖。

自从住进朋友这座废弃的园子和房屋,几个月来我一直潜心作画,高强度的劳作,几乎耗尽了我所有的心力,哪得闲暇品味孤独和寂寞?只是在"工程"结束、即将离开的这些日子里,我突然生出满心的荒凉和孤寂,感到人生的空和诸事的虚妄。

因为有白天的遭遇,夜里的睡眠遂变得艰难和令人发怵,拖延再三,最后勉强开灯和衣而卧。很难说我到底有没有睡着，朦胧中，有一只硕大的白猫，从地上一跃而起，直接扑入我的怀中。我心惊惧，奋力搡去，之后它再次扑来……凡此三回，我终觉浑身无力，在一种眩晕和暖意中失去了知觉……

夜里，下了好大的一场雪。

清早开门时，我突然发现，竟有一行足迹破门而出，直伸向园中小径。而那足迹的大小和鞋底的花纹，与我脚下的这双鞋正好百分之百地吻合。

花栗鼠

长白山区有一种小鼠,名花栗鼠。身上有白褐相间的条状花纹,看起来很漂亮,常常让人误以为是鸟儿。当它们小巧的身体在树上往返跳跃时,真的就如一只只鸟儿,从这个枝头飞向另一个枝头,迅捷、从容且优美。

北方的山上盛产红松,这种小鼠基本就以红松籽为主食。

夏天和秋天都是仁厚的季节,满山绿色,可食之物很多,有很多野果和植物根叶,就算非主食,花栗鼠以及其他的小动物也不用为了饱腹而发愁。

这时,它们很活跃,也很快乐。山中游人,经常能够看到它们轻盈而又快活地在林间窜来窜去,好像它们本来就是为了淘气和玩耍而生,根本不用像人类一样为衣食起居忧心。

但是冬天总是要来的。冬天到来的时候,满山铺满厚厚的积雪。这样的环境,对任何一种形式的生命都是一种考验。除了人类,只有那些有着天生蛮力的大型动物才能够勉强找到些食物,比如野猪等。花栗鼠却有着和人类一样的远见,早在入冬之前,它们就停止了无忧无虑的玩耍,每天忙来忙去地为过冬储存食物。

曾有人跟踪这种小鼠,看到过它们储藏食物的"仓库",里面堆满了松子——那种又耐储又芳香的树种,并且摆放得十分规整。看过的人无不由衷地赞叹。由此可以看出,花栗鼠,实在是一种既灵巧又会用心思的小动物。

漫长的冬天,它们就躲在洞穴里,有计划地、均匀地消耗着它们的储备,直到第二年春天来临。它们绝不会像有些人那样,寅吃卯粮,吃没了再去向别人借、偷或抢。它们严格地遵守着自然和同类之间的那些规矩。

然而,这以巧取豪夺为能事的世界,并不会刻意顾念任何形式的仁善,总会有侵略和剥夺的行径发生。有一些花栗鼠的洞穴,就在缺少食物的冬天里被其他寻找食物的动物"洗劫"了。因为花栗鼠并没有在严酷的冬天里留有备用的生存方案,除了自己储存的食物,再也不知道去哪里寻找吃的,更不会争抢别人的食物。

于是,令人不忍目睹的悲剧发生了。失去了食物的花栗鼠,最后选择了自杀。它们自杀的方式很独特,在自己洞穴附近的树上,找一个向上翘起的细树杈,把自己的头放在中间,让身体悬下来,然后死去。

冬天,在林中行走的猎人,有时一天里会看到好几起这样的事件。这惨烈的一幕,心软的猎人看不下去了,便抬手一枪打断树枝,让那小小的尸体落入并掩埋到深深的雪中。可是,这小小的身体，僵硬前充满过怎样的情绪呢？绝望？愤怒？

这小小的比麻雀大不了多少的鼠类，有时竟能够把我的心占满，让我不停地思量。

叫　醒

　　北国冬夜，时至寅卯，是黎明前最寒冷的时刻。如果有月，则如天幕上倒挂的一块残冰，再与地上的积雪遥相呼应，就把世界"打造"出一种钢铁的质感。

　　远村的公鸡开始晨鸣，第一遍、第二遍都如隔着一层厚厚的冰，从水下或地下传来，千回百转，就是穿不透那无边的寒冷和人们深深的梦境。据说，夜行的鬼魅们此时正脚踩着阴阳两界的边线，匆匆走在回家的路上。

　　突然，一个突兀而奇异的声音从夜色里传来，宛如冰河开裂，宛如浑厚的城墙上开启了一道喷涌着热气的门："干——活——噢——"至此，天地之间阴气渐消，阳气回转，世界开始从暗昧中苏醒。

　　从前的乡村，有专业的更夫，不但在人们睡去时守望着整个村庄，而且还要在"五更"天明之前将人们一一唤醒。一声声充满了"人气"的吆喝从村头喊过村尾之后，村子里便到处响起细微的声音——窸窣的穿衣声、柴草的摩擦声和门的开合声。新婚的小夫妻往往睡得深沉，被重重的搅扰推到了醒的边缘后，吃力地翻一下身，紧接着又一次沉入梦乡。许久，隔着灶屋的老人听听仍没有动静，开始大声呼唤起那个后生的大名或小名。

典籍中说，最早的打更活动起源于原始的巫术，主要用于驱鬼，只有那些受人尊敬的巫师才有资格在夜深人静时，拎着响器敲敲打打。后来，可能人们认识到，就算不是什么资深巫师，只要能在漆黑的夜里发出人类的声音，确认一下此世界的属性，多少也能对胆小或胆虚的人们起到打气、壮胆的作用。于是，古老的城市或乡村总有那么一些人手执铜锣或梆子，每夜有规律地在街上巡行，或报时或报平安，一边用梆子敲出更点，一边亮着嗓子喊，"关好门窗，小心火烛"或"平安无事喽"。

后来，电气化和信息化时代来临，传统的更夫作为一种职业，彻底退出了历史舞台。而嗜睡或无法自律的人们，仍然需要叫醒服务，但把人们从梦中叫醒的已不再是人，而是事先录制好语音的程控电话，是自己睡前调好的闹钟或手机闹铃。叫醒的时间一秒不差准确无误，但也准确得没有一丝悬念和想象空间。醒了也就醒了，醒得和世界、和其他人毫无关联，醒得浅浅淡淡、空空落落。

前日清晨，我既没有设置手机闹铃，也没有心里惦记的事情要做，却突然在熟睡中醒来。黑暗中有异样的感念注满心头，恍兮惚兮，仿佛自己又置身于多年前的乡村夜晚。周边的夜竟是那样的幽深、神秘和富有意味。我随手抓起手机看时间，液晶屏幕显示为4：30，正是从前更夫挨门挨户叫醒村民的时辰。

五分钟之后，窗外的庭院里传来了鸡鸣声。那是朋友刚刚从山里给我捎来的生日礼物。

看　戏

　　五月杏花开。尘土飞扬的乡场上，有几个壮实的年轻人在热火朝天地忙碌着——

　　四条粗檩当柱子，八条跨杠当横梁，中间铺上细杆、铺板，半日，就垒起了一个临时戏台。

　　这是二十世纪七十年代，中国北方的一个边远小村。村子刚刚通上电，还不知道电视和手机是何物，更没什么像样的娱乐设施和娱乐。

　　一般，如果天上没有月亮，太阳一落，小村就立即陷入无边的黑暗。有学生温习功课或有妇人做女红的人家，则会从窗子里透出一丝朦胧的灯光；没有什么事情要做的家庭，则早早地熄了灯。已婚的适龄男女总免不了以一场亲热打发掉劳动剩余的精力；没结婚的年轻人便只好翻来覆去地折腾被子；上了年纪的人睡眠少，闭着眼睛假寐"过电影"，一幕幕回想往昔的种种经历和情景。听说县里的文工团即将下乡演出，全村人兴奋得跟过节一样，忙里忙外，为近在眼前的演出做着细节和情绪上的准备。

暖风轻拂的春夜,戏在锣鼓声中开场,少年早早在前排占上了一个座位,怀着复杂的心情盼望演员们出场。到了第三个节目,一男一女两个演员出场唱"拉场戏"——《相思结》。女演员,少年认识,叫小青,家住邻村,是舅舅的邻居,大少年两岁。小青由于天生一副好嗓子,从小跟师傅学唱"二人转",远近闻名,便被临时选到剧团当演员。

年前,少年去舅舅家串门时遇到小青,两人一见心仪,眉目传情。舅妈看破,便主动做了媒人,想撮合这门亲事。谁知,父亲竟以儿子年少,还在读书,前途未卜为由,坚决反对。私下里父亲和村民的议论,也被少年听清了。父亲说,我们本分的农家子弟哪养得住那些水性杨花的戏子,谁知道日后会生出什么变故。少年懦弱,不敢反抗,心里却从此多了一段散不去的哀愁,日思夜想着能再见小青的面。

戏台上,穿上戏装的小青,自有一番别致的风韵和妩媚,少年看得满心怜爱,继而又由怜爱转为酸楚与疼痛。仿佛一个美丽的幻影,伸手可及,又将转眼成空,但世间又有谁能领会他此刻内心的苦涩呢?

正此时,小青在台上唱"大风吹得杏花谢,转眼春梦付水流……"声有凄恻,眼含泪光。少年领会台上人的心意,不由得泪水奔涌……那天的戏到底是怎么散场的,少年花了很多年的努力,一直没有回忆起来。此后,每当他路过那年搭台唱戏的地方,都会伫立良久。

后来，少年果然学业有成，彻底离开了小村，离开了那个一年比一年空落的乡场。

年深月久，少年渐渐也淡忘了当年的往事，只是落下了一生未愈的病症——一到春天，一看到杏花开放，一看到美好的景色或事物，心里就涌起莫名的哀愁和疼痛。

东北大酱

连日沉浸在文稿之中,火气弥漫,茶饭不香,便并不觉得每日三餐有多大的必要。

正在这时,远在西部小城的母亲却心血来潮,非让小妹给我捎来一桶自制的大酱。是母子连心吗?也好,既然吃什么都没有胃口,就试试小时候吃惯了的大葱蘸酱吧!

一勺自制的大豆香酱、一撮肉丝,炸熟,配以大葱、白菜和香菜,外加一碗小米饭。这是旧时代中国东北农村土得不能再土的一种标准套餐。这个配伍的灵魂,便是民族饮食中一直没有退出历史舞台的大酱。

这样的一餐吃下来,居然让我脾胃舒泰、浊气顿消、神清气爽,感觉吃饭还是寡淡的人生里有点意义和滋味的事情。记得上次回老家,母亲就对我说:"不管觉得什么菜没有滋味了,只要稍稍放一点儿大酱,味道就会变得鲜美。"我笑笑,暗地里却不肯相信,以为她老人家一定是过去的苦日子过惯了,心中成见难改。

其实，苦日子我也陪母亲经历过，只是并不算最苦。据说，最苦的那些年，母亲曾像无数的东北民众一样过着家徒四壁的日子，甚至连一粒粮食都没有，家家门前却都放着一口大酱缸。实在无物可食，薅一把野菜，盛一勺大酱，放一起煮一碗菜汤，借此也可以熬过半日难以忍受的饥饿。后来，这种东西被朝鲜族同胞发展、演化成一种十分重要的日常菜肴——酱汤。

日寇侵华的那些年，东北人连续不断的反抗和反击，曾让日寇非常困惑——这些骨瘦如柴连饭都吃不上的人哪里来的能量和我们不屈不挠地战斗呢？于是，就四处搜查，确实什么都没有，家家门前不过一口酱缸尔！

日本人取了一勺大酱去化验，结果显示是这样的：水（大部分）、盐（大部分）、蛋白质（部分）、脂肪（少许），其他如钙铁等矿物（少许）。说穿了不过是一把大豆、一把盐外加一勺清水的营生。怎么放到了一起就如一服中药一样，显现出神奇的"疗效"？疗饥，疗穷，也疗骨气。想来，也是啊！盐能给人以力气，蛋白质能给人以能量，钙能使人的骨头变硬，水又是生命之源……确实不可小觑。接下来，日寇便在东北掀起了一个砸酱缸行动，见到酱缸就砸。

一晃，日寇已经被赶走数十年了，好日子过得太久了，五味中其他味道的香甜和刺激渐渐占了主导地位，人们就不再待见那咸中透苦的大酱。竟连我这样从困苦中走过来的人也忘记了大酱的种种益处和恩情，不再相信大酱对我们的胃口和身体

东北大酱 ‖ 111

还有什么神奇的拯救功效。

有时想，母亲已接近八十岁了，日子安逸，衣食无忧，为什么不肯放弃对那一缸大酱的守候，每天还要坚持亲自搅拌三次？也许大酱里真的藏有她的苦心和智慧，也真有她所认定的品质吧！

风　水

我离开老家列宙时，刘荣正当盛年，白而细腻的皮肤，圆圆的一张脸上，生着一双圆圆的大眼睛，没有眉毛，四十岁左右的年龄，却早早就脱尽了头发，看起来很像科幻作品中的外星人。

刘荣不仅能掐会算，还善于看风水，主要是看阴宅。据"道"上的人说，祖坟的风水好坏直接影响家族后代的运势或命运。如果谁家祖坟埋得好，卧到了"凤穴""龙穴"或"麒麟穴"上，后人中保不准就会出个王侯将相，至少，也能混个文武状元；如果埋到"流泪岗"或"叫花地"，势必人穷、路断、香火稀！

刘荣说，他自己的祖坟就埋得差，以至于到了他这个辈分，没有一寸土地却被打成了"臭地主"，哥仨中有两个"光棍子"，连他自己都没娶上媳妇。虽然他学会了这门看风水的本事，但是"自己的刀削不了自己的把儿"。即便他有能力选到了风水宝地把祖坟迁过去，也说不准能在哪辈子人身上才得到应验。

尽管如此,刘荣还是为改变家族的命运做了努力。他要克服诸多的"难",给自己家找一个好墓地。这一年,刘荣千辛万苦总算找到一块主大富大贵的"元宝穴",穴却贴着队长家的"自留地","穴心"就落在了第三条田垄上。队长占理、占优势,分毫不让。

刘荣费九牛二虎之力把祖坟迁来,却只能让出田地,埋在正位之外。偏是偏些,但仍为福地,至少可保后人说上媳妇,吃饱别人的"碗边饭"。说来蹊跷,坟迁不久后他自己竟然也险些时来运转,后屯有一个张寡妇多年未再嫁,有人突发奇想,要给刘荣介绍成亲,张寡妇居然同意了。

月余,公社突然大搞水利建设,规划中"干渠"正冲了刘荣家的祖坟,必须迁走,而搬迁地点大队已经指定,就是两片农田间的一块荒地。刘荣无奈,只好从命,拿罗盘偷偷测了很久,最后颓然而归。

那地贫瘠,主穷愁,但无从选择。回头想起娶妻的事情,未及开口,中间人却传来坏消息,张寡妇的儿子不同意母亲改嫁,正在办理迁居手续,要去四十里地外的村庄生活。

刘荣白白的脸色,从此更加苍白,谁再找他看风水,一律谢绝。

又过一年,生产队开荒扩地,把有限的荒地全部开垦为农田,全村的坟地统一迁往一个离村庄更远的小树林里。刘荣这次连去都没去,由他的两个弟弟草草地将坟地移了过去。接着，队里又提出，未来几年内连这个小树林也不让占了，要消灭土葬，消灭坟头。

愿意怎么折腾就怎么折腾吧！刘荣闭上眼睛不再想这些事情，只是一声长叹，随手把罗盘扔到茅坑里。

如今已八十五岁高龄的刘荣，历尽沧桑，却仍然保持着不娶的记录，仍然住在三十年前的旧房子里，并拒绝与任何人谈论风水和命运。

钓　者

　　在水边，我久坐，盯视着不远处那只彩色的浮标，根据它的上下浮动，判断鱼的情况；又根据自己的判断和心情，决定一条鱼的命运。

　　一场小雨刚刚落下，密密的、轻轻的雨滴，像一些快乐的种子，洒落在湖上，击打出细小的水花和愉快的声音。然后，又随着风的隐没，骤然停了下来。只留得那只红绿相间的浮标，在平展如镜的水面上，保持着聆听和随时运动起来的姿态。

　　天上的云飘过来，映衬到水里，水便拥有了天空的高远和广阔。天光云影之间，鱼们披挂整齐，银白色的鳞甲熠熠闪光，排成一个鱼形的长阵，长阵如鱼一样舒缓而流畅地摇摆、晃动，逶迤前行。一种从容、优雅的翱翔，便同时掠过了悠悠白云和粼粼水波。

　　有鸟儿飞过，影子，先是落在我的身上，而后又落在水里。暗影浮动，瞬间，水里便多了一条飞速掠过水面的鱼，继而倏然消逝。云水间，只有我孤零零坐定，如一截阴森的朽木或土柱，一动不动。乌黑的影子倒映在水中，且似乎口中念念有词，宛如放咒的巫师，静待一个预言的如期兑现。

我知道，一个钓鱼人的影子在水中是脆弱的。常常如一个脆弱的谎言，甚至禁不住一只蜻蜓的细尾在水面那么轻轻一"点"，一个巨大的影子，就那么凌乱了、破碎了。如一幅失败的图画，被涂抹得面目全非。但只要我笃定不移，影子还会再一次凝聚起来。于鱼，那将是一个令其不安，但必将不断再现的梦境。

浮标开始缓缓移动，向下，像我因为紧张而下沉的心。

我如受命于不可知的指令，断然扬手，提竿，收线，一条无辜的鱼，便在美丽的云影之间落入了天空的陷阱。

鱼的挣扎，立即在我的双臂间转化为下沉的力量，以及鱼竿的弯度。很难判断，鱼是否能够感知到无由的疼痛或震动，是否能够发出内心的声音。

毕竟，我和鱼儿之间还隔着水，隔着一段难以逾越的空间距离，但我清晰地听见作为钓线的胶丝发出的阵阵悲鸣。正如我不知道当初为什么要扬竿，现在，我也不知道为什么不立即收手。无他。也许一切不过是"命运"一词的简捷阐释。

此时，天和地、我和鱼、快乐与痛苦、自由与钳制、生机与死亡，因为一条细细的胶丝而成为一个完整的体系，相互依存，难解难分。

平静的湖面因鱼儿的扭动而波纹纵横、纷乱不堪。不再有蓝天白云的画卷，也不再有黑暗的影子，因为影子足够大时，一切尽在影子之中。

雨再一次从天空落下来。千条万条的雨线，如断似续，但昭然可见。如今，我们可以将其理解为纷然飘洒的泪水，或理解为可以钓取或系牢什么事物的胶丝。

大　青

从前，我家养过一条狗叫大青。大青依恋父亲，整天跟在他的身后，形影不离，却很少与我同行。

由于时间久远，我已不记得大青的性别，却记得大青的性情。那时，每有男性来访，无论长幼，它不由分说，开口就咬；每有女性进家，则性情大变，或半闭着眼趴在窝里不动，或低头摇尾，表现出温顺和友好。

我家房后有一大片水田，夏日里，总有邻居家的鸭子去水田里戏水、觅食。父亲怕它们祸害秧苗，便拿一根长棍子赶它们离开。大青似乎很能理解主人的用意，有时也帮助父亲驱赶鸭子。

有一天，邻居老鞠突然拎着一只死鸭子，找上门来，状告大青咬死了他家的鸭子。

"大青这么懂事，怎么可能会咬死鸭子呢？"父亲不愿意认这个账。

老鞠气极，拉着父亲往门外走。到了大门口，眼前的情景将父亲惊呆。另有五只死鸭子呈"一"字形整整齐齐地摆放在那里。从鸭子的摆放方式和鸭子的伤口断定，这件事无疑是大青干的。这正是大青的习惯。平时，它啃过的骨头，都会以这种方式整整齐齐地摆放在一处。

父亲只好从拮据的生活中挤出五只鸭子的钱，赔给老鞠，很是懊恼。他决定用铁链子把大青拴好，狠狠地教训它一番。大青在棍棒下哀号，每哀号一声，我的心就紧缩一下。

父亲拎着死鸭子问大青："还咬不咬了？"大青闭上眼，把脑袋转向一侧，不看鸭子。这样来回做了十几次，父亲觉得大青已经记住了自己的过错，也就不再打它了。但从此，大青失去了自由，只能在铁链子下生活。每次父亲经过大青身边时，大青都可怜巴巴地用头蹭着他，以示顺服。若是父亲不理它，它就冲着父亲的背影发出尖细的哀鸣，那声音，很像人的哭泣。

终于，父亲心软了。他决定给大青自由。放开铁链后，父亲故意带大青到水田里转一圈，观察它的反应。大青老老实实地跟在父亲身后，对水田里的鸭子看都不看一眼。父亲就放了心。

但好景不长，之后的某一天，我家大门口又整齐地摆了三只死鸭子……又是大青干的。这一次，父亲绝望了，不再打它，却决意把它卖给屠狗的肉铺。

大青确有灵性，自从父亲决定卖它以后，就再也没有吃过一口东西。每次我和母亲经过它的身边，它总是走过来，用头蹭蹭我们，像哀求，也像诀别。而父亲经过时，它只是趴在那看着他，怯怯的，不发出任何声音。

大青被一辆破旧的卡车拉走的那天，没挣扎，也没叫唤，异常安静。车渐渐走远，它却一直站在车厢的尾部把头探出来，巴望着我们。

它在望什么呢？一种缘分或一种遭遇就这样了结了！此时，我仍猜不透那条狗内心的感受，是依恋，是悲伤，还是对今生的失望？

父与子

每至中秋,我都会和童年的伙伴大海相约回乡。

他去看他的父亲,我去看我的母亲。但这次节日他不回去了,他要驾着他父亲出钱给他买的新车去远游。北去的列车上,我独自坐在一个角落里,望着窗外,咀嚼人生。

虽然我和大海性格迥异,但在某些事情上,确有共同之处。比如,我们虽然定期回家,但两个人心里都不知道为什么要这样做。不得不承认,有时我们做一件事,并非出于本心,而是下意识地盲从,因为别人都这样做了,我们也照样做。

从童年起,大海就不是很喜欢他的父亲。平心而论,他十分不愿意见他父亲的面,但他为人乖巧,从来不公然顶撞他的父亲。他知道父亲会给他买很多好东西,也会帮助他走出各种各样的困境。他每次来到父亲面前,似乎就是为了满足某一个愿望,得到自己想要的东西。一旦东西到手,"东西"就代替了他父亲,确切地说,他就忘记了父亲的存在,直到下一个愿望的出现。

我也不喜欢我的父亲,也不愿意见他的面。我不喜欢是因为惧怕,惧怕他对我的种种逼迫——要我守他定下的规矩,要我服从他的意志,要我承认自己的过失……小时候,曾经因为一个小小的过失我没有好好认错,他便大发雷霆,猛烈地击打我,直至将手中的棍子打折。

从此,我开始暗暗"预谋",要远远地离开他,最好永不相见。但由于种种原因,我始终也没有成功地离开过。没离开,大约有两种原因,一是我没有离开的能力,我要吃、要穿、要行、要住,根本无法实现离开父亲或不依赖父亲。我总不能借助他的钱离弃他,那样公然地背信弃义,未免太卑鄙。二是,他始终不给我离开的机会,每到我情绪崩溃的边缘,他总能及时伸出手把我拉回到他的身边。如此,我竟不知是什么把我们"拴"到了一起。

数年之后,父亲因为车祸突然离世,我满怀悲伤,但我并不知道为什么悲伤,大约是因为我完整的生活从此将出现一个无法弥补的巨大缺口吧!可是,日子久了,当初的伤痛渐渐平复,隐隐的,又有另一种情感占据了内心。我不断梦到父亲,梦到他平时难得一见的微笑与慈爱的目光。那目光,常常让我醒来后心生满满的愧悔,觉得此生对父亲亏欠太多。那么,到底亏欠了什么呢?

秋日的阳光透过车窗照在我的脸上和心上。

那一天,我的心突然明亮起来。我发现照耀万物的阳光与父亲的目光原本同源,都来自某种恒久的期盼。是啊,因光而生的万物，到底能给光带来什么益处呢？可是，光却执意拨开天空里的云雾和夜晚的黑暗，不知疲倦地照耀着万物。这就是爱的本质吧？我、我们亏欠父亲的，也许正是对"父"这个字的理解和领受。

凤凰牌自行车

二十世纪七十年代后期至二十一世纪初，中国一度成为世界著名的自行车王国。

那时，对于一个中国居民来说，自行车不仅是一种交通工具，更是身份、地位和生活品质的象征。没有自行车，上下班、出行不方便，运载点什么东西也不方便，走亲、访友、与女朋友约会等都不方便。最关键的是，显得不入时、不体面，与生活严重"脱节"。

我刚刚上班的时候，工资很低，仅仅三十五元人民币。按理，三个月不吃不喝攒下的钱也够买一辆自行车。但那时名牌自行车还是紧俏货，通过正常的平价供应渠道根本买不到。而黑市上一辆名牌自行车，比如"凤凰牌"，要价却高达我工资的十倍。尽管如此，我内心还是怀有一个强烈的愿望，想和别人一样，拥有一辆属于自己的名牌车。

人一旦生了执念，就会忽略实际，竭力以求。接下来的两年时间，我节衣缩食，深居简出，拒绝一切额外的消费和娱乐，加班加点赚工时费……一切"奋斗"都是为了一辆自行车。一时，自行车成了我全部的生活。

终于有一天，可以去黑市花高价买一辆"凤凰牌"了，可是，自行车到手后却发现，自己根本就不会骑。不但不会骑，推着走，都走不好。想往左时，它偏偏往右；控制了前轮，后轮扭向了别处；想把它扶正，它却倒向了自己……

这时，再看身边那些骑行如飞的骑车人，心里别提有多羡慕！有那么一刻，甚至觉得自己手里的这辆自行车还不如人家最破、最次的杂牌车。如果那时有人提出用自己手里的破车换我这辆，我可能都会答应，只要它能听我的使唤，行走自如。

就这样趔趔趄趄前行了一段时间，正巧遇到迎面而来的一个同学。他是骑车的高手，技术绝好，甚至可以撒开两手，一边点火抽烟，一边随心所欲地前行。看我如此窘迫，他便善心大发，停下来给我讲起了骑自行车的要领和技巧。

他说自行车是用来骑的，你得学会驾驭。我说，是。他说你不能推着它，推着它，就是你为它效力，它成了你的负担。我说，是。可是，我真的不会操作和掌控，我不推它，又能怎样？同学讲完了道理和技巧后，扬长而去，留下我独自对付这堆长着两个轮子的钢铁。

大约由于驾驭的想法太过急切，再向前走时，推车的水平反而更差了，还不如先前。为了顺利回到宿舍，干脆，我把它扛在肩上！这回，一切都顺畅起来了，至少，我想往哪里走，就能往哪里走。

转眼，时光一去三十载，那辆"凤凰牌"自行车早已从我的生活里消失，我却突然发现，如今握在我手中的生活，正是一辆不太好对付的自行车。

岳　桦

　　许多年以前，长白山还没有进行大规模的旅游开发，所以并没有什么所谓的"景点"。许多人去长白山，似乎就只有一个目的，那就是去看天池。那时，我们大概也是那样，所以一爬上汽车，心就和飞旋的汽车轮达成高度的默契，从山脚下的白河镇出发后，就再也没有一刻停息，一路盘旋而上，直奔顶峰。

　　接近山顶时，我无意间将疲惫的目光从嘈杂的人群转向车外。突然，我感觉到，有什么我不知道的事情正在发生或已经发生。

　　那些树，纷纷沿着山体将身躯匍匐下去，并在斜上方将树梢吃力地翘起。在透明的、微微颤抖的空气里，我仿佛看到一种神秘的力量或意志，正加到这些树的躯干上，使这些倔强的生命在挣扎中发出了粗重的喘息和尖利的叫喊。

　　是一场正在行进的飓风吗？然而，从树叶和草丛的状态看，车窗外却一片风平浪静，前面的汽车走过时扬起来的烟尘，正笔直向上升起。那么是一种来自地下的强大引力在发挥作用吗？然而，一切似乎都在空中轻盈地往来，一只无名的小鸟，正展开它小巧的翅膀，从那些半倾半倒的树梢悠然滑过……

分明，一切都已经成为过去，呈现在我们眼前的只是凝固于时间另一端的一个难以忘却的记忆，或一种难以复原的姿态。

这些树的名字，就叫作岳桦。

本来，树与树并立于一处时应该叫作林或森林，但许许多多的岳桦树并存一处时，我们却无法以"林"这个象形字来定义这个集体。因为它们并不是站立着的，而是匍匐着，像一些藏在掩体下准备冲锋或被火力压制于某一高地之下的士兵那样，集体卧伏于长白山靠近天池的北坡。如果非要给它们一个词不可的话，或许叫作"阵"及"阵营"更合适一些。

那么，构成这个巨大阵营的，到底是怎样的一支队伍？它们到底肩负着怎样的使命？它们是怀着一颗不屈服的心在日日翘望着高高的长白之巅，并时刻准备着冲上峰顶吗？它们是以一种屈辱的形态时刻铭记并控诉着记忆中那一场凶狂的暴力吗？或许，它们仅仅是因为生存的需要，仅仅是因为对环境的顺应，才让自己活成了风的形态？在所有的可能之外，也许还存在着另外一种可能。那就是它们在很久以前就已经不是树了，而是风，是浩浩荡荡的风行至天池边时望而却步，就这么停了下来。因为停留得太久太久，便站成了风的标本，生了根,长成了树,但它们的心、它们的魂,仍旧是风。

我不知道白桦和岳桦在血缘上有什么联系,不知道它们到底是不是同一种植物,直到现在,我也没有找到能够明确它们之间关系的有力佐证。但我坚信,它们是迥然不同的,就算当初它们生命的基因都来自同一棵白桦树上的同一颗种子,到了今天,它们也不会是相同的品类了。因为它们的生命已经在漫漫岁月的冶炼中,拥有了不同的质感和成色,拥有了不同的性格和形态。

白桦树生在山下,与溪水、红枫相伴,过着养尊处优、风流浪漫的日子,风来起舞,雨来婆娑,春天一顶翠绿的冠,秋日满头金色的发,享尽人间艳羡,占尽色彩的风流,如幸运的富家子弟,如万人追捧的明星。而岳桦却命里注定似的难逃绝境,放眼身前身后的路,回首一生的境遇,是道不尽的苍茫、苍凉与沧桑。

曾有人为人下过一个断言:"性格决定命运。"暂不说这句话用在人身上是否准确,用到树身上,肯定是不准确的。实在讲,应该是命运决定了性格。岳桦,之所以看起来倔强而壮烈,正是由它们所处的环境与命运决定的。

想当初,所有的桦都是长白森林里白衣白马的少年,峰顶谷底任由驰骋。后来,那场声势浩大的火山喷发,将所有的树逼下峰顶。就在向下奔逃的过程中,命运伸出了它无形的脚,一部分桦便应声跌倒,一个跟头跌下去,就掉入了时间的陷阱,再爬起来,一切都不似从前。前边已经是郁郁葱葱的一片，每一种树都沿着山坡占据了属于自己的有利地形，没有了空间，没有了去路；后面，是火山爆发后留下的遍地疮痍与废墟，以及高海拔的寒冷。尽管那里有风、有雪、有雷电、有滚烫的岩石和冰冷的水，但那里也有着绝地求生的巨大空间，于是，它们选择了掉头向上。

而一旦选择了返身向上，桦就变成了岳桦。不管我们把怎样的情感与心愿给予岳桦，岳桦也不可能变成那些明快而轻松的白桦了。如同山下的白桦永远不能够站到它们的高度一样，它们再也不可能回到最初的平凡与平淡。从白桦到岳桦，作为一种树，岳桦已经完成了对树本身或者对森林的超越，它们的生命已经发生了某种质变。

而今，与山中的那些树相比，岳桦看起来更像一场风；与那些各种形态的物质存在相比，它们看起来更像一种抽象的精神。

满身是尾巴

很多动物长着尾巴,拖在身后的两腿之间,以实现维持平衡、装饰、遮挡等辅助功能。有时候看起来,有一条尾巴比没有尾巴强了很多,威风很多、美观很多、协调很多。那些因有一条铁鞭般的尾巴而尤显威猛的强大者如老虎、雄狮、豹子就不用说了,就连一些小动物也会因为长着一条好尾巴而顿生威仪。可以想象,一只没有尾巴的荷兰猪看起来是多么的猥琐、多么的富有缺陷感,而一只环尾狐猴,因为有一条美丽的大尾巴则显得多么的优雅、多么的高贵。

实际上,也有很多动物因为尾巴惹上很多麻烦,有时甚至是致命的麻烦。

小时候,一起玩耍的那些小朋友们都很淘气,几乎见什么玩什么,当街或在场院、墙角看见老鼠时,就更是要蜂拥而上拼命追打了。但那东西生来十分机灵,有时,眼看着脚就要踩到它身上了,定睛一看,脚下却是空的,还是让它溜掉了。但也有些时候,它的机灵被它自己的尾巴耽误了,身子虽然逃过了那要命的一脚,却因为后边的尾巴被人踩到而无法逃脱,导致了最后的送命。

看到这些情形,我曾暗自庆幸过:幸亏人没有长这条误事的尾巴。

但现在想起来,那庆幸很显然带着孩童气的单纯和肤浅。因为在后来的生活里,我所感知到的事实是,我们这些看起来没有尾巴的人类,却似乎浑身上下到处都长着会被人抓到手里或影响自己行动、生活、事业甚至性命的尾巴。

小时候独自走夜路的时候,总感觉身后在沙沙作响,虽然每一次回头都没有看到什么东西,但那不是自己拖着的一条无形的尾巴又是什么呢?从那时起,我就发现我们并不是没有尾巴的。再后来又听说,某某被人捉住了狐狸尾巴,某某有把柄落在了人家手里,就更证明人类是有尾巴的。

细想起来,那把柄与尾巴又有什么区别呢?不过就是一个光滑一个不光滑,一个有形一个无形。再比如,一个女人一袭飘然长裙一下车却被车门夹住,不得前行;一个男人已经出了门又不得不急三火四地返回屋中,取出一件莫名其妙的物什。是什么在作祟呢?是他们的尾巴。

一个上司正在嬉皮笑脸地翘着二郎腿讲电话,听到下属敲门,马上正襟危坐;一个下属正在手舞足蹈,看到上司来了立即垂手躬身而立,似乎都是有意在藏匿着什么。藏什么呢?十之八九也是尾巴。

然而,也并不是所有的尾巴都是误事的或有害的。有一种

满身是尾巴 ‖ 133

蜥蜴，能够在最危险的关头，主动把自己的尾巴留给敌手，尾巴自行断掉后，主体逃之夭夭。

这一招，当然不只是蜥蜴会用，具有更高智慧的人类，有时比蜥蜴还蜥蜴呢。所以，尾巴多的人有时反而显得运气好，有那么一两条微不足道的尾巴放出来，你以为抓到了致命的，实际上那正是用来救命的。

有无之间

年少时，我是一个敏感而又有一点脆弱的人。

每当看到夕阳西下，我都会很生气，确切地说，是很沮丧。就像早起穿了一件新衣服，小心谨慎了一天，不敢倚不敢靠，到头来发现衣服仍然被弄脏了。

那时，很多事情都能够轻易地对我构成打击，因此，我的日子过得很不快乐。比如，每年春天我都会留意着从家到学校路边的一排杏树，从枝条泛青，到芽苞萌动，再到如雪绽放，用眼用心日日企望和守候，可是每年那些花都开不了几日便纷然凋谢。比如，苦苦盼着新年的到来，365个日子的漫长等待，却每每被几只爆竹炸得烟消云散，几个时辰过后，新一轮的等待便要重新开始。

压岁钱得了又没了，冰雪人堆起又化掉，"三好学生"的虚名带来了荣耀紧接着又被淡忘，女同学的目光亮过又重归暗淡……当然，那些来自家长和老师的责难的痛感也被时间之手一一抹平。但不论如何，那时我经常被这些招手即来的失落折磨着。

后来,我一点点地长大,求学、工作、进入社会,许多大的磨难甚至苦难都一一亲历,亲人失去过,恋人失去过,向往的职位失去过,工作的快乐失去过,家庭失去过,青春失去过,岁月失去过……再回过头来看,那些具体的、琐细的、小的、无关痛痒的失落便有一点不值一提了。

站在高处看年少的自己,不过是一个低着头执着地在沙滩上以沙筑城的小童。城堡垒起来,被风吹平,再垒,又被风吹平……其实,不仅是无知少年,就算你是一个手眼通天的智者,一生所做的也不过就是这件事情:一次次垒起城堡,又一次次等待风去抚平。人生无常,但失落却是恒定的,就算是那条最难舍弃的生命,到头来不一样是无力挽留,要从生到灭,从有到无吗?

生命是一个大城堡,里面装着许许多多的小城堡,每一个城堡都有它自己的名字,诸如衣服、美食、房屋、学业、事业、车子、职位、爱情、友情、亲情、玩乐、钱财、荣誉等。风不停地吹,小的城堡一个个坍塌,于是我们又一个个地重建,最后大城堡也坍塌了,连同我们自己。这时,这个重建的过程才算结束。

人之宿命就是不停地重复:日子重复着日子,事务重复着事务,心情重复着心情,结局重复着结局。人生既不像科学那样烦琐,也不像宗教那样明晰。一茬茬的人,想来倒像是被送到幼儿园里的孩子,投入或不投入地,笨拙或灵巧地,开心或消沉地做着各种规定的游戏。不管你最终是输是赢,所得到的球都要被老师收回,留给你的不过是睡前的那一小段回味。

既然一切都在有无之间,既然一切终要化为虚无,我们还有什么必要在生命的过程中执着一个"有"字和"得"字呢?是的,人生本是一个过程,虽然我们明知人生最终一死,我们还是没有理由不好好活着,明知对某些事情的执着毫无意义,但有时又不能不表现得认真,否则更无以耗散那些枯燥沉闷的时光,更无以获得生之乐趣。但明知道这个球下一分钟就要被收走,明知道一切终将失去,我们为什么还要为这个球与别人争执?还要为此伤害别人或被别人伤害呢?

从这个角度说,一个人能够在适当的时候学会放弃或主动失去,又何尝不是一种聪明的选择或者说境界呢?比如,为了活得更有尊严和美感,主动离开不爱你的爱人;为了不误事、不误人,主动放弃已经不再适合你的职位;已经有足够的钱安排自己的生活,就主动收手不再贪占;腾出你多余的房子给或借给最需要的人;拿出你用不了的钱接济最贫困的人;让一个疲惫的人坐在你的板凳的另一端……

空 位

"爸爸，我要吃肯德基！"

学生请我吃饭，顺便讨论一些问题，但我没想到他会把他五岁的儿子也带来。学生不好意思地瞧了我一眼，转头搪塞他的儿子："去，有饺子自己拿去吃。"

"我不吃，我要肯德基！"

现在的孩子，嘴刁得很，专捡"洋食"吃，因为从小就跟着父母吃西餐，所以就比外国人还不习惯吃中餐，哪怕是我们认为最美味的饺子。学生把今天吃饭的地点安排到这个中餐馆，看来完全是为了迁就我。我应当领他这个情，但我还是有一点儿不太愉快。

我不愉快，并不是因为学生那个难缠的儿子，而是因为另一个和他儿子差不多一样大的孩子——那个早在一九三七年就被日本人杀害的刚刚四岁的小金子。如果小金子还活着，现在已经八十多岁了，很可能会滔滔不绝地给我们讲述很多往事。当然，他也能轻而易举地回答学生提出的那些难以回答的问题。

　　学生手里拿着两份材料：一份是一张老照片的复印件，来自通化市杨靖宇烈士纪念馆；一份是一页发黄档案的复印件，来自日本占领时期的"满洲"档案。

　　照片是著名抗日义勇军将领王凤阁将军被日本关东军杀害前留下的一张"纪念照"。照片上，除了王凤阁将军和他的妻子，还有日本的军官。此外，照片上王凤阁将军的右侧，赫然留下了一个明显的空位。

　　"那么，这个空位是谁的，为什么当时没有按常规予以弥补？有人推断，那个空位正是王凤阁四岁幼子小金子的位置。按下快门之前日本人突然意识到，不应该把一个无辜的儿童也作为杀害对象。为了不给后世留下口实，他们临时把小金子从王凤阁将军身边拉走。这样的推断立得住脚吗？"这是学生问我的第一个问题。

　　第二个问题，是关于"满洲"档案里的一段记述：当宪兵队翻译横田拿着日本干饭团子送给饥饿的小金子吃时，小金子一边用小手往外推，一边说："我不吃满洲饭！"于是，我的学生开始怀疑这份档案的真实性："日本人自己为什么要记录这样一个于自己无益的细节？这页档案本身是否有问题？"

　　令我不快的，正是学生的这一特点。他似乎就是为了怀疑而生的。一切历史，在他面前都会受到怀疑，他从来不认为历史是真实的，即便有确凿的文字记载。对于他的怀疑精神，我虽然并不赞同，但也不好打击。更何况，我并不是历史学家，没有能力证明某一段历史或档案的真伪,但凡合乎逻辑和合情合理的故事、细节我都深信不疑,因为除此,我别无依凭。

我得承认,我这个人不够冷静和坚强,有时又感情用事。我没有必要因为学生怀疑一个与我们自己没多大关系的历史细节而不喜欢他,但没办法。我们觉得我们理解不了小金子,是因为我们的生命太小。这本身就是耻辱,再妄加怀疑就更可耻了。

只要提起小金子,我的心就如同那张老照片一样,多出了一片永远填补不了的空白,满脑子都是那个最后的细节。我甚至听不到王凤阁将军面对死亡时最后的道别和慷慨陈词,甚至看不清之前的鲜血和泪水,也听不清之后来自通化民众那震撼山谷的恸哭。我的眼前只有那个在时光深处浮现出来的画面:当行刑者山根曹长端着枪对准王凤阁将军的夫人张氏和幼子时,小金子望着妈妈流泪的眼睛说:"妈妈,我不怕,你抱紧点我!"

小金子的运气真是不好,那么小就要面对死亡。如果他不被杀害,很可能会成为一个时代英雄。至少,不会让一段历史、一张图片以及很多人的心里留下令人惶恐的空白。

"爸爸,我要吃肯德基!"学生的孩子继续在闹,我的眼前一片模糊,感觉那幅照片上的空白开始放大,最后竟淹没了整幅画面,就像我那时的内心一样,一片苍茫。但人心和纸张有所不同,当空白太大时,就会生出酸楚和疼痛。

过　节

　　童年时，我们没有能力把每一个日子都过得丰富多彩、有滋有味，就只能仔细积攒起一年的财力和心气，集中打扮出几个快乐、丰盈的日子——端午、中秋或春节，作为节日慰藉自己那苦涩、干瘪的心。一年之中，那些特殊的日子便成为人们的盼望和念想。

　　节期一到，孩童们就会有好吃的、好喝的和好衣服，重要的是，不用再做功课和家务，可以尽情玩耍。那时，我们就如寒风里瑟瑟发抖的小树，每天都盼望着时间能像风一样飞速地从生命里流去，一个接一个的日子就像一朵接一朵的雪花，绵密而痛快地打在脸上。

　　如此，一年便可神奇地过成一天，一天便可过成转瞬即逝的一秒；如此，一转眼自己就长成可以驾驭或改变命运的"大人"，一转眼就迎来人生的春暖花开。结果，一转眼就落得个"人到中年"，竟然是"天凉好个秋"。

　　当生命滑入下行的坡路时，岁月狂逝，在耳边呼啸，不由得心生惊恐,恨不得给失控的时间安上一副制动装置,用脚一踩,就"刹"住了流逝。然而,对于那些在别人眼里已经失去了魅力的节日,我却依然怀有憧憬,盼望着它们的来临。

但如今日子已不再贫寒,盼节,不再盼什么吃喝、穿戴和热闹,而是盼积攒一年才有的与母亲相聚的几日时光。

于是,每逢节日,我便如期回到母亲身边,以一个孩童含食糖果的心境,陪着她静静地消磨掉那些短暂的时光。

那日午后,天气晴好,有冬日里难得的阳光从窗口涌入,洒满母亲的房间。母亲坐在床上,一边整理她日用的小物件,一边和我唠叨她在"主内"方面的心得和感悟。就像小时候,她一边坐在炕上打理针线,一边讲起姥姥家的往事。

多年以前,听母亲讲古说今时,我多半是放下手中的书本,头枕着自己的手臂,半躺在她身边的不远处,凝视着她的每一个表情和动作。

那时母亲年轻,面容秀丽,表情生动,温馨、美好的感觉常常让我忘记了自己的存在。如今母亲已经进入迟暮之年,可我在听她说话时,仍然不自觉地保持着多年前的姿势。那本是一种极放松的姿势,可母亲却仍然认为那样会累着我。她说:"跑了那么远的路,你好好躺一会儿吧!"

我按照母亲的想法,安静地躺在那里听她说话。目光越过母亲和母亲背后的窗子,望向蔚蓝的天空,有那么一瞬,我似乎看到了时间如水,正向太阳运行的反方向流动。

天幕已然苍老,岁月却恍然变得年轻——柔和的光线如乳白色的油彩,从母亲的身后包抄、浸染过来,涂平了她脸上纵横交错的皱纹,她的声音也因为轻柔而显得缥缈,仿佛来自遥远的天国。

那一刻,我的心念朦胧而坚定,宛若婴儿,见眼前一切尽如新生。

寒 露

秋虫的鸣叫开始在夜色中四处迸溅，宛若一地凌乱的星星。大约，这是最后的绚烂，就如灯火在熄灭之前的奋力跳跃。

转眼十月，向前再迈出一步，节气便到了寒露，春夏秋冬"四幕话剧"已完成三幕，到了更换背景的时候。首先，舞台上的雁叫、虫鸣等一应伴奏都要渐渐停息，就连"七月在野，八月在宇，九月在户"，叫起来不知疲惫的蟋蟀都已经倦了。那个可以控制一切声音的开关，说不准哪一天就会被谁咔嚓一声关掉。接着，最后一批"演员"即将匆匆离场。晚归的大雁，飞得更高了，它们在天空中的影像已经缩成隐约的一串黑点儿，转眼一去无踪。

秋雨来临，却下得无声，竟连敲打屋瓦的声音也显出几分遥远。夜色里，成千上万只"长白山林蛙"，趁着冰凉的秋雨，往山下迁徙，它们成群结队地越过山岗、越过公路，一跃一跃地奋力前行，向低处的河谷移动、进发。

回首家乡已远，从最初离家的仲夏，到如今眼前的深秋，走过了季节，也走过了人生。经历过无数次有风有花猖狂的春，经历过无数次如华如锦葳蕤的夏，心中的那些有棱有角的忧喜与苦乐都被季节的轮回碾成了粉尘，一路抛洒在岁月之中。

　　恰在弯下腰，想把一切从头收拾起来的瞬间，却发现自己已经在岁月和季节中消融。情感已经随风涉过微黄的草丛踏上远处的树梢，思绪分散成天地间山的起伏和海的涌动。我已无话可说，所要发出的声音都已经交付与虫鸣、鸟叫和山中的虎啸与鹿鸣；我也无字可写，所有的横竖撇捺都已经交付与天空的翅膀和地上的足迹以及慢慢或匆匆掠过的影子。

　　我更不需要说出自己心中的思念与怀想，看看被掰去了穗子的玉米，那空空如也的战栗；看看苹果被摘走之后树叶的颜色；看看鱼儿隐匿之后河水的深度；看看云消雨散之后天空的沉默，你就什么都明白了。但明白了也不必说出，只要你静静地站在这个季节之中即可。

　　你大可不必再怀疑叶子的坚贞。因为生命之中的水的枯竭和生命之外的风的侵扰，它们必须像候鸟那样，飞离。但又因为没有翱翔的翅膀，它们只能选择跌落，落地瞬间那微微的颤抖，正是它们发不出叫声的痛。

　　那些失去了叶子的树，兀立着，因为无力挽留也无处可去，反而更像是一个个深陷重围的英雄。我一直坚信，当繁荣再现于另一次春天的轮回，还会有叶儿、鸟儿投入它们的怀抱，但那已经是另一季的传奇。

　　而现在是寒露，"寒气总至，民力不堪"，秋天几乎失去了最后的领地。空中的水汽落到大地和草木上，直接凝成了白花花的霜。山上仍有雾缠绕，那是阴阳二气较力时，战场上留下的最后一缕"硝烟"。

虹

阵雨过后,彩虹再一次显现于东方的云幕之间,恢宏、绚丽、完美,自左至右,起于虚无又收于虚无,如一道敞开的时间之门。

时至今日,每当我看见天边的虹,仍会如多年以前一样,心潮激荡,并无限向往,只是不再如童年或少年时那样,傻傻地奔跑、追逐。但我会停下来,用手机拍下那美丽的影像,用以慰藉彤云般渐沉渐重的灵魂。

童年,我家住在科尔沁大草原的边缘。村庄小而宁静,每逢雨后出虹,就会有人当街大喊:"出虹(读降调)啦!"每每,村里的孩子就像受到了某种魔力的支配,寻声跑到村头的草地上去看彩虹。不知道是视觉原因,还是心理原因,总感觉那时的虹离我们很近,似乎只要再向前走上一小段距离,三里或五里,就能抵达那个巨大拱门。

举目仰望那弯红橙黄绿蓝靛紫并列的彩色光环,单纯的童心,便因之变得豁然开朗——

七月的草原，花儿开得正盛，红的是百合，紫的是马兰，白的是防风……雨滴凝在草叶上，晶莹剔透，像天上落下的水晶珠子，也像光所凝成的透明浆果……很多飞翔的燕子和鸥鸟，穿过雨帘或阳光，奋力向彩虹下飞翔，但总会在中途突然折返。就在转身的瞬间，洁白的翅羽折射出神秘的光芒。

听爷爷说，庸常的生命，人或动物，只要能在彩虹消失之前，越过那道拱门，就可以"升"到天上去。动物，会成为精灵；人，会成为神仙。在下一次彩虹升起的时候，我便和小伙伴们迎着彩虹在草原上拼命奔跑。但我们的奔跑终究是徒劳，我们向前跑一段，彩虹就向后退一段，当我们跑得筋疲力尽时，彩虹和我们之间的距离，似乎丝毫没有变化。也就在我们继续埋头奔跑之时，那彩虹不知不觉间就消散了。

我呆呆地站在草原上，遥望彩虹消散之后的天空，忍不住胡思乱想：这彩虹之门的一次次显现在暗示着什么，或在提醒着什么？是谁从空荡荡或灰蒙蒙的天空里抽出这色彩缤纷的丝绦？又是谁为什么突然收回或隐藏了这美丽的诺言？也许，只有一些身怀异禀的狐狸，能预测彩虹的隐藏之所，趁夜色悄悄潜近，当虹再一次显现时，便可以一跃而过。

后来的我，只是静立于窗前，痴望着虹在天边一次次显现，又一次次消散，听岁月如风，呼啸而过，心底一次次泛起忧伤的潮水。以目光拨开重重雨水的珠帘，我最终发现，虹是太阳的回声，切断我最后一段道路的，竟然是自己那个越来越重的、越来越大的、黑色的身影。

于是，在每一个晴朗或阴郁的日子，我都会尽量朝向太阳运行的方位张开双臂，等待着光的注入，以期将自己的生命洗得透亮。

打碗花

故乡有一种生在藤蔓上的粉色小花,人们通常叫它打碗花,也有人叫它喇叭花。

在那些阳光灿烂的日子里,打碗花朝天盛放,真像一只只响亮的小喇叭,粉红色的音调,清脆、高亢地从其间喷涌而出。

在乡村少年的眼中,这小花总带有一些神秘色彩。相传,谁家的孩子采了这种花儿,当天,那只采花儿的手,必定会打破自家的碗。小时候,自家或邻家的孩子打碎碗的事情是经常发生的,但很多打碎碗的孩子当天并没有采打碗花。

尽管如此,许多年来我仍一直警惕着,不要去采那并不美丽的小花儿。毕竟,那时对于一个贫穷的家庭来说,一只碗也不是一件小事情。

打碗花虽然其貌不扬,但生命力极强。在每年的七月到九月间,几乎是阳光照到哪里,它的藤蔓就会延伸到哪里,它那粉色的"小喇叭"就吹到哪里。

妹妹小时候是一个古怪的孩子，经常独自躲在角落里摆弄一些稀奇、有趣的小东西，或一个人站在窗前久久地发呆，落落寡合，一副很沉静，也很寂寞的样子。在夏天，妹妹最常做的一件事就是去院子里采打碗花，悄悄地，采来一大把放在地上，摆来摆去，变换着各种图案。

有一天，妹妹突然发明了另一种玩法。她不再一朵朵地把花采下来，而是把一整枝打碗花藤折下来，绕成一个花环戴在头上。几乎一整天，她都没有把花环从头上取下，在那些小花朵的映衬下，她的脸上始终洋溢着天使般灿烂的笑容。

天将黑的时候，不知从哪里钻出一群疯跑着并相互厮打着的野小子，像旋风一样，从她的身边刮过。就在他们跑过去的一瞬，有一个男孩子随手抢走了妹妹的花环。一开始，妹妹还没有反应过来到底是怎么回事，等那群男孩跑出很远时，她才如梦方醒，意识到自己最心爱的花环已经被别人掳走了。

泪水从妹妹眼中涌出，先是无声而湍急地流淌，而后才一点点变成声泪俱下，最后，只剩下了难以抑制而又令人窒息的抽泣与哽咽。好像她小小的身体里，除了泪水与伤痛什么都不再有了。

记忆里，那个黄昏差不多有一辈子那么长。

起初，我只是劝妹妹不要哭，不要悲伤，可是劝着劝着，我自己也莫名其妙地陷入了悲伤，感觉到时间、快乐以及心中曾有过的那些明亮、温暖的东西，正一点点地从身体里渗出、流失，像那落日，像那黄昏。

在妹妹的抽泣声中，夜色悄悄降临，土墙上的打碗花，纷纷关上了它们的花朵。而我，也在疲惫中沉沉睡去，并意外地梦到了打碗花，但所有的花儿都不再开放……

敖东之秋

北方的秋天，秋天的敦化，敦化的雁鸣湖……如果这一切都用油彩画在一块布上，就是一幅色彩鲜艳的油画——天是蓝的，地是黄的，花是红的，树是几种颜色交织、变幻的，当然还有飞得很高、很远，已经排成了人字的大雁。最难以描绘也最令人感慨万千的，正是大雁那渐行渐远、渐渐缥缈的鸣叫。

但这并不是一幅图画，图画是二维平面，只在人的眼前呈现，而这一切看起来更像一个布景，它是三维的、立体的，能把活动着的人纳入其中，并成为风景的一部分。确切地说，我所置身其间的这片北国风光，远比我们所说的布景还要繁复、庞杂、绚烂和奇妙。

行走其间，任目光随意旋转，在360度的环视中，每变化一个角度都会对应出一帧完全不同的布景，从上，从下，从前，从后，从左，从右，以无尽的"声、色、受、想"严严实实地簇拥住你。

千年以前，这里是渤海古国，是故国的都城。到了清代，又改换门庭和名头,成为敖东城。古都里曾经的楼台亭榭、饮食男女、声色犬马以及一世繁荣,如今早已沉没于时光之海的深处,只有几处不多的残存的遗迹如露出海面的黑色石块,顽强地固守着一段历史的最后入口。

尽管如此,我仍然在断续的行走中觉察到脚下传来的隐约的回声和震动。宁静中的喧哗、沉稳中的激荡,一再提醒我,一切都已经或正在进入时间的流程。

一千多年以来,不知道有多少人先后和我们同台,在同一布景下演出,有多少人在岁月的一端入场,又在另一端退下,不知未来的剧情会如何发展、演绎。我只能像只愚钝的虫子,在一条狭窄的时间孔洞之中,一边埋头前行,一边猜测着秋天的宽度。接下来,也许会落叶纷纷,也许会雪花飘飘,但这些都不是真相。真相是,有一天我们终会被无形的风从后台扫出时间之门。

在一个叫青山村的乡村广场上,我们和当地的农民一道,演绎从古传承至今的"孝道"——陪伴一群韶华已逝的老人吃饺子,见证村里年轻志愿者特意为老人们敬奉的"孝心"。

九月的阳光像一片无声的开怀大笑,从透明的天空火辣辣地洒满广场。但毕竟已是秋天,寻隙入骨的秋风仿佛极乐中突然腾起的那缕悲凉,偶尔从难以察觉的暗处吹来,让人不由自主地想起了凋零、谢幕、消散、逝去等,像风一样无形、无踪而又抽象的词。

那时,我并没有想那些关于人类的大事情,虽然人类那如海浪扑打沙滩般生生灭灭的历史曾让我心生痛楚，但那一刻我确实只是为了一个微不足道的小人物而哀叹不已。耳机中不断播放着蒙古歌手布仁巴雅尔的《天边》——"我要跨上，跨上骏马，去追逐遥远的星星……"而歌手布仁巴雅尔却已在几天前辞世远去。

据说，宇宙中的很多事情都极其相似，当一点星光进入我们的视野，那颗恒星在亿万光年之前就已经消失了。

我不得不承认，我控制泪水的技巧一向很简单：仰起头，眺望远方。但那天，当我仰起头的时候，我的目光瞬间越过树丛，越过远山，在晦暝、苍茫的地极，融化、消散于北方辽阔的天空和天空一样辽阔的岁月。

米易的时光

阳光越过安宁河右岸的山头,似乎忘记了原有的路线和行进方式,一改直通通的照耀为漫溢,呈液态或气态状,顺山势而下,汹涌而又轻柔无声地,注满了蜿蜒逶迤的安宁河以及整个攀西大裂谷。

清晨,我站在米易县城的颛顼龙桥之上,沐浴着这惬意而柔美的天光。仿佛感官和精神系统被一个神秘的程序从内到外同时改写,不知不觉,整个人已变得愉悦、轻松、灵动和充盈起来。心中无限的感念和感激之情,像河面上轻扬的薄雾,随风飘荡、游弋,却找不到生发的缘由和具体的倾诉方向。

突然有微风挟裹着神秘的幽香,一阵阵,轻拂过脸庞。我环顾四周,寻找幽香的出处。但见远山如黛,近树苍青,一湾无色无香的流水从脚下直奔远方。时节已近立秋,早已过了桃花如火、油菜似金、梨花赛雪的花季。香,不是花的味道,也不是流水的味道,看来只能是藏于暗处的时光的味道。

米易,古称迷易。大约,时光走到米易时中了咒语,迷失了方向,索性就滞留下来;或者,只在某处原地打起了旋涡,旋涡打久了,竟成了一种固定的运行方式,哪里也不想再去啦!

我是后来才迷恋上那段米易时光的。

观看米易的男孩、女孩们唱歌跳舞时,我便在那些美妙的身姿和歌声中忘记了此身所来和明天的去向。之后到了山上,在大片的梨园里穿行,任压弯枝头的梨儿频频触碰着额头,也不忍伸手摘下一枚,怕那些甜蜜的时光就隐身于多汁多水的梨子里,被我不经意的贪婪一口吞没。然后,又去了山间的芒果园,看金灿灿的阳光凝成一枚枚流线形的固体,密密麻麻地垂挂于枝头……

天色暗下来时,我看见天空有星星闪现,一颗、两颗、三颗……一个接着一个像一个个雪亮的音符,从纯黑的天幕跳出来。据说,当那些音符连成一片时,就构成了种种天象,像文字一样昭然写在天空中。但我读不懂,我只听到自己的内部出现了令人不安的异响。可能是早就安放在我心中的那个"律",拉响了铃声。

我该回去啦!也许,每个人生下来都有命定的位置和使命,就像天上那些不可随意窜动的星星。

临行,我一边躲在房间里吃一只亲手摘下的金花雪梨,一边生出了隐隐的担忧。

"山中方一日,世上已千年。"记得东晋虞喜的《志林》记载了这样一个故事:"信安山有石室,王质入其室,见二童子对弈，看之。局未终，视其所执伐薪柯已烂朽，遂归，乡里已非矣。"

真害怕我躲在米易的这几天里，山之外那狂风般呼啸的时光洗劫了故地，再回到几千里之遥的家时，一切都已面目皆非——旧屋已空，小院荒芜，亲人们纷纷终老、离去……

平安之夜

昨夜并不是传统节日的平安夜,但是很平安。

夜的平安就在于它像一个真正的夜,漆黑而宁静,在拉上遮光窗帘之后,室内就一下子变得没有一丝杂音也没有一丝光亮,人就如沉到时光水流的深处一样,被一种无法触摸的温柔严严地包裹起来。

这时,如果真想看见什么,就得紧紧地闭上眼睛。

夜里做了一个梦,梦见母亲逝去了。我心里充满悲伤,一个人背着她的骨灰孤单地前行。伸手摸一下,那个长长的做棺用的方盒子,里面仍传出骨灰窜动的声响和滚烫的温度。然而,就在我最难过的时候,母亲出现在我的面前。

不知道为什么,她竟然能够从另外一个维度里转回来,但我相信只有我能够看到她,其他人都不会再看到她了。我不知道她回来仅仅是因为我太难过而临时安慰我一下,还是就以这种方式永远留在我的身边。她似乎比以前更加年轻、神清气爽,且表情坚毅。她大概最知道我此时内心的脆弱,所以就仍然让我如小时候一样枕在她的膝上安歇。

我像托住一碗满得快要溢出的水一样,托住我内心的惊喜与悲伤,唯恐那碗里的某一滴水突然掉下,如泪,砸断了那条连着我和母亲的极细的时间之丝。

梦却突然地断了。

恍惚之间我并不知道自己在哪里,自己是谁,自己处在什么状态。

一伸手摸到了妻那圆而小的头,她微微地动了一下。她动了一下,就证明她还活着。我感觉到了她动了一下,也就证明我还活着。但,我还是不知道住在200公里之外的母亲,此时是否安然无恙。

夜依然很平安,静悄悄的。

窗外并没有战争的声音,没有爆炸声,没有人们哭喊的声音,没有械斗声,没有争吵声,没有汽车紧急刹车的声音,没有洪水来临前奇怪的啸鸣,没有地震到来时房屋倒塌的声音,没有猛烈的砸门声,当然,也没有在这宁静的夜里听到电话突然响起的声音……总之,在以往人生里所经历的各种苦难和所深深恐惧的事情都没有出现。

感谢上天。让我们这些在苦难与死亡的夹缝里苟活的人类,又平安地度过了一个夜晚。

夜如一张微笑的脸,从暗处把祝福和恩典许诺给我们。

我则在黑暗里静静地等待着天明,好给远方的母亲打一个电话。

母亲的能力

母亲过七十七岁生日的时候,仍如从前一样思维敏捷,我便心存幻想,希望有什么奇迹能发生在她的身上。

我找来一张纸和一支笔,放在她面前,问她:"妈,您还会写自己的名字吗?"

"让我试试看!"她愉快地答应,脸上的微笑却有一点儿调侃的意味。

她一笔一画地写,像小学生写作业一样,很慢,也很认真。写出来递给我,果然是她自己的名字。过了一会儿,妹妹从另一个房间走过来,将另一张写着她名字的纸拿给她看,问她是否认识。母亲看了很久,一脸的困惑,觉得这两个字很熟悉,似乎在哪里见过,但就是想不起它们究竟念什么。

十七年前,母亲得了脑血栓,痊愈后只落下一个后遗症,就是不再识字,包括自己的名字。

母亲自幼父母双亡,以孤儿的身份寄居于亲戚家,没有机会读书。但她并不甘心过那种"睁眼瞎"的人生,十五岁的时候，自己报名参加了一个旨在消除文盲的"扫盲班"，学到了最初的几百个汉字。在此基础上，她开始了长达半个多世纪不间断的阅读，通过阅读各种各样的书籍，变成了一个"识文断字"的人。因为母亲的影响，我不仅认真地完成了自己的学业，而且还比同时代的人多掌握了一套繁体汉字系统，并养成了痴迷于阅读和书写的习惯。

至今，我的眼前还经常浮现和母亲一同读书的往事。

那时，我们居住在偏远、落后的乡村，过着贫寒、简陋的生活。一家人经常会为柴米油盐发愁，却总会克服困难备足点灯的煤油。很多的夜晚，通常是我在灯的一侧写作业，母亲在灯的另一侧看书，待我把作业写完之后，她会允许我利用睡前的半个小时"瞧一瞧"她阅读的书籍。

当然，我也会趁她平时忙于家务的间隙，将那藏在隐秘处的书翻出来偷偷地看一阵子，然后再悄悄放回原处。一段时间之后，听母亲和其他人讲述和讨论书籍中的一些故事和细节，我忍不住在一旁插嘴，说出自己的理解和看法。不设防之间，暴露了自己偷看"闲书"的事实。不但没有得到母亲的表扬，反而遭到了一顿"谴责"。

当然，这种谴责是最轻的，最后只是落到"要心无旁骛学好功课"这一点上。父亲过世之后，母亲不再看其他的"闲书"。一本《圣经》被她反复地看了十几遍，把书页都翻得发黑了。

母亲识字的能力，来也奇异，走也奇异。一场大病之后，竟然连一个字都不认识了。之后的日子，她对《圣经》的"阅读"，都是借用妹妹和我的"力"，让我们轮流读给她听。想来这也是一种"反哺"吧！但我经常忍不住在心里暗暗地追问，母亲的能力究竟由谁缘何赋予？又由谁缘何收去？

莫名其妙

午夜，突然有手机铃声从宁静里响起，然后消失，一切重归宁静。

如黑暗的海底突然泛起一串明亮的气泡，如浩渺的夜空突然划过一颗耀眼的流星……

这骤然而起又骤然而息的铃声，如一粒迅捷的子弹，轻而易举地击碎了我酝酿许久然而又脆薄如玻璃器皿般的睡眠。我无法猜测，到底是谁谋杀了我无辜的梦境，让它如一个无法凝聚的灵魂消散于某一座屋宇的门槛处，那里是内部与外部、明亮与黑暗、清醒与昏昧以及知与不知、懂与不懂的交界。

也许，那一声骤然而至的呼叫，来自我、我的房间、我的屋宇之外的另一个同类，但我无法确定这个信息的真正起因和动力。是精神溺水者发出的一声无望的呼救，是忧伤的人发出的一声叹息，是无聊者心中一个恶意的念头，是阴谋的策划者为我们预设的一个圈套，还是遥远的友善者发出的友爱寻呼？

也许，那一声呼叫来自人类之外、世界之外的神秘力量，但我无法确认它的真正用意。尽管在我们没有方向的生活与生命之中,一直存有一份期待,期待着有一天我们能够内心清明,知道我们自己应该什么时候出发,到哪里去。但是,这样一个瞬起瞬灭的神秘信息又能给我们提供什么样的依凭,又将把我们或我们的灵魂引向何方呢?

也许,那一声若有若无、亦真亦幻的呼叫,正是来自我自己,是我自己在梦中打给了我自己,是我的灵魂拨通了我生命的号码,是我把我自己从梦中叫醒,是我搅扰了我自己,是我自己对自己尖叫了一声。

真是莫名其妙。我听到我在半梦半醒中对自己这样说。是的,这人生、这世界,很多的事情都是莫名其妙的。

如果一个人从二十二层高楼上坠落下来,在排除了他杀的因素后,基本上没有人能够为这个人的死找到真正的原因。没有人能够知道这个人是偶然失误、失足,还是因为有一只神秘的手在背后推了一把,抑或是他自己把自己抛出了窗外。更没有人能够说得清楚,这个人是因为追赶还是因为逃避,因为快乐还是因为悲伤,因为自重还是因为自贱,因为绝望还是因为痴狂,才造成了他最后那令人不解的一跃。

已故艺人张国荣,从高楼上跳下之前,就写好了一纸遗言,但当那些事后的调查者们将信将疑地拿起遗书的时候,谁能够确切地告诉人们,那一张纸是为了澄清一些什么,还是为了掩盖什么而存在的?谁能看到时空背后的真相?

伟大的哲学家康德曾经提醒我们,世界上有两种东西是不能忽略的,一是在我们之上的星空,一是在我们之中的心灵。尽管康德的原话并没有说"心灵"而是说"道德法则",但我觉得,只有人的心灵可直接与星空相匹配,只有这两种存在的丰富、神秘与不可猜测、不可考量能让我们常思常新。

特别是我们的心灵、我们的生命、我们的存在,几十年放在我们自己的眼前,供我们日日参悟,它一定不能只是简单地在时间里延伸、毫无意义地衰败,它一定会另有深意。

然而,在庸常的生活里,我们却很少对它进行关注,我们的注意力多数都集中于这两者之间的喧嚣凡尘和纷纭物类,被一些摸得着看得见的声、色、讯、相搅扰得晕头转向。

我们之所以常常感觉到莫名其妙,正是因为我们忽略了最莫名其妙的两种事物——星空及人的心灵。我认为,它们是世间一切"莫名其妙"的两极,是两个重要源头。

于是,在那个看不清人间的道路的夜晚,我开始寻找另一条出路。当我学着哲人的样子仰望星空时,便感觉到了内心的呼应与震撼;当我凝心敛气倾听自己的心灵时,又觉察到星空有序运行的节律竟然如此清晰,正如我们自己按某种节律运行的生命。

在这短暂的心灵飞越之后,也许我们还会蒙昧依旧,但从此可以明白一个道理,有一些时候,莫名其妙完全可以变成不可言说。

取　名

　　妹妹的女儿，我的外甥女，马上就要生孩子了。一切准备工作就绪，只差一件最要紧的事情，就是给即将出生的婴儿取一个名字。

　　外甥女特地打电话给我，求我无论如何要帮这个忙。

　　我很清楚，起名字是最难的一件事情。我自己的女儿降生的时候，我苦思冥想了几乎一个星期才憋出个名字，起好了以后，推来敲去仍觉得有诸多的遗憾。想来，一个人的名字不论考虑得多么周全，也会和人的一生一样，是没办法十全十美的。

　　如果一个女孩，把名字取硬了，偏男性化，或取得中性了，比如山、石、金、木之类，没有女性的特点，就显得不柔媚、不娇艳、不可爱。如果取得太柔弱了，比如花花草草、雪月风云等，飘逸倒是飘逸，可总感觉有一些过于柔弱了，不禁动荡，容易飘散。如果是男孩儿，情况便和女孩儿相反。总之，你想到了好的，必有不好的一面相对应，尤其是想到极好的，那就更加危险了。峣峣者易折，皎皎者易污嘛！不想太好的，难道要想一个不好不坏的吗？那不是又流于平庸啦？

既然万物皆有局限，也皆有存在的理由和价值，那就干脆根据自己的喜好，选一类自己喜欢的事物进行命名吧！我喜欢玉，理由是我一直相信玉有性灵的说法。是呢，明明是一块石，却有花的柔媚与色彩；明明是花容月貌，却有难以摧折的刚强与坚贞。柔可透出水的魂魄，坚可彰显山的风骨。刚好新生儿是一个女孩，那就在玉的范畴考虑吧！可玉又有很多种，珞、玳、玥、瑶、琼、珐、璨、珧、瑞、琬、瑙、珍、琚……太多了。我不知道各种各样的玉都是什么颜色、什么样子，只是根据偏旁想象，最后挑中了那个我最不熟悉的"玥"。

这样一块闪着银光，有着月亮一样相貌和品质的美玉，配上什么姓，配上什么字，能不好听呢？什么样的人，被这样一个字暗示和装点一生，能够不美好呢？对，就这样定了。字发过去之后，那边是否满意却一直没有反馈信息。

两天后，突然接到了母亲的电话，听得出她在那头吃吃地笑。我问母亲在笑什么，她没有解释，而是先问我："你知道你太奶奶叫什么名字吗？"我回答不知道，但我脑海里立即映现出那个一直瘫痪在床上的老太太。五十多年前，她以自己的身躯护住不满周岁的我，才使我在一场大火中免于一死。这个虽然没有生我，却使我生的人，我怎么能忘记呢？但许多年来，就是没问过她的名字，她的名字被一个具有血缘标记的称呼淹没了。

"你太奶奶的名字就叫玥呀!"

天啊!一个字,远隔半个世纪、五代之遥,竟然从家族里一个女人的头上落到另一个女人的头上。难道,这也是一种轮回吗?我沉默半晌,感觉有一种东西正在时间之外流淌。

琴　曲

听琴，大约是一种很高雅、很古典、很专业的事情，所以，我一直不敢对别人说我听过哪首琴曲或听过哪个琴手在哪里操琴。琴，当然是古琴。怕，是怕人问我，是否懂得。我一直觉得，在古琴的传播场域里，"懂"是一个核心问题。

一些著名的琴曲如《广陵散》《高山流水》等，我在不大的时候就有所耳闻，但我之"所闻"不过是音乐之外的故事。就像一款美酒，是经过怎样的巧手慧心、费了多少的周折和心思才酿造出来的，其中又蕴涵了多少美妙和不可言说的寓意和滋味，我们都不得而知。我们只知道谁把酒呈给了谁，谁从酒里领略了酒和人生的精义、精神和境界，因此成了莫逆或刎颈之交。

其实，我也听过两回琴。抚琴的人，据说随名师苦练十年，技艺和境界已非同寻常，但终究不是什么名家、大家。第一次听小何抚琴，我其实并不以为意，觉得行业内的很多女生，因为经济条件优越，多喜欢附庸风雅，不过玩一玩，博取众人一乐或几声曲意逢迎的鼓掌罢了。

那天她弹的曲子应该叫《良宵引》吧？果然，她的曲子并没有压过在场者持续不断的交谈声。中间我还特意做出了留意倾听的姿态，毕竟一个听琴的人有义务让抚琴的人感到起码的尊重。但那次，我并没有听出什么妙处。

后来，又在另一个场合听小何抚琴。听琴之前，恰巧与她有简短的见面，想到第一次听琴的尴尬，我特意编了一套说辞，安慰了一下温和、谦虚的小何。我没有评价她的琴，也没有评价听琴人的心性和素质，只说了抚琴与听琴的关系——听琴，不要超过三五个人，人一多就热闹了，而热闹却是心灵与心灵对话的障碍。

自以为这番话说得很聪明，既遮掩了自己对琴曲的无感，也委婉地推卸了自己的责任。告诉她，我没对她表示赞美不是因为自己不懂，而是因为环境干扰了我的理解和感悟。并且，还巧妙地把不懂打扮成了体面的长者风范。

后来，偶然在一本杂志上看到了小何的文章《孤独的鱼》，写她水缸里养的三条鱼，文笔细腻、深刻而独到。我不相信这样一个有着细腻感触和深刻思考的人，学琴十年会不得要领。于是，特意找了一些专业的古琴曲光碟，回家补一补感觉课。不听则罢，一听，额头的汗就一层层地冒出来了。

尽管我还是无法在很短的时间里把古琴的素养提升上来，但我可以采取一些比较笨的办法——就某一个乐段的节奏和音色进行回顾、比较。我觉得那天小何的琴弹得一点儿不比专业琴手逊色。

　　此时，我已顾不得对以往的言行感到懊悔和沮丧，只是恐惧，绕了半生，终究没有躲过一部古琴的追问——懂还是不懂？所幸，经典琴曲中并没有"对牛弹琴"的讽喻。

知　遇

秋风乍起的时候,我想起了春天里的那个故事——

也许是在巴黎的一个地铁车站,也许是在我某一个恍惚的梦里,有一个衣着干净、神情忧郁的手风琴手。

每天,他都来得很早,似乎在所有人起床之前他就在甬道旁坐定,开始他旁若无人的演奏。一整天,没人见他说一句话,也没人见他有片刻的歇息。直到很晚,他才收起装了一些零钱的旧礼帽离开。他就像被上天遗落在海滩上的一块石头,以沉静应对着数不尽的潮涨潮落。

没有人确切地知道他的经历和身世,也没有人知道他的灵魂里栖息着什么。人们猜不透,也无法命名,这个突兀的人所呈现的是怎样的一种人生姿态。他是在等待,还是在寻求?是在倾诉,还是在呼唤?熙熙攘攘的人流从他身边经过,带走了他美妙的琴声,偶尔,也丢下零星的怜悯或感叹。

突然有一天,一个女孩到来。她并没有给他一分钱的施舍,但她安静地坐下,仰望着他,在暗淡的通道里沐浴着他音乐的阳光。她听懂了他的音乐、他的诉说。她也许不再知道自己在哪里，还要去哪里，她忘记了离开。从始至终，他们都没有说过一句话，但他们好像把一生一世的话都倾吐给了彼此。

天空已经完全黑了下来，好像这世界就剩下他们两个人。于是，男人张开了他宽厚的臂膀，把女孩抱在怀中。

这一天，手风琴手并没有收起地上的零钱，他们相拥着走出地铁时，甚至把那个旧礼帽踢翻了，手风琴手更是一副连整个世界都不放在心上的样子。

我想，从下一次太阳出来开始，世界上或许少了两个孤独的人，或许又多了一个街头艺人。关于爱，我们千万遍地提及，又千万遍地放下的那个话题，再一次让我感到美好而神秘。我不知道一个生命和另一个生命到底怎样才能相遇、相识和相知，到底怎样才能在对方的生命里找到那个久已迷失、流落红尘的自己。

下雨了，我看见很多条水线交织，倾注于大地，也有一些水滴从楼檐上不住地滴下来，一滴砸在另外一滴上，合为一滴，分不出彼此。于是想起博尔赫斯描述过的那种境界："就像一滴水，溶入另一滴水。"大师说这话时多半也是指两个灵魂的交融吧？但是，一滴水与另一滴水的相遇由谁来确定？

命运。

我把目光尽力探向雨的深处，并徒劳地揣度着命运的性格。很多的雨，很多的雨水，从各处汇集到一起，形成水流。

其实，一滴雨从云端到地面的距离，正如人短促的一生。

在这个有几分萧索的秋日，我已经清晰地感到，自己就是一滴还没有面对结局的雨。在不由自主的坠落中，我已记不清，曾和其他雨滴共同经历过几分几合，也无法确定，未来还将有怎样的碰撞与融合。

苣荬菜

转眼六月，春将尽，窗外的天空仍不挂一丝云彩，不知道这场大旱还要持续多久。眼前不断浮现出池塘干涸、田埂龟裂、禾苗枯萎的旱象，正在进行的写作，顿时思路中断，灵感全消。只能放下电脑，在屋子里一圈儿接一圈儿地踱步。渐觉心头烟升火起，一阵阵莫名的烦躁，却又找不到发作的理由。

接连数日，情形相似，状态每况愈下。终至情绪不稳，易怒，疲倦，口干唇裂，半边头疼痛难忍。妻机警，从我的种种反常中看出了问题，建议我去医院看看医生。听人说，如果一个人突然性情大变就必须引起足够的重视，因为很可能是大病在体内作祟。

于是，我很郑重地去了一家省内知名医院。医生听了我的陈述，连头都没抬，大笔一挥，开了长长一串检查项目。耗资耗时，足足折腾了两天，从头到脚一一查过一遍后，基本结论是"未见异常"。可问题出在哪里呢？去见见中医吧！中医的望、闻、问、切与和风细雨，让人心顺不少。特别是最后的结论,尤其好:"并无大碍,只是肝火过盛、热毒相侵,吃一点儿败火的中药或苦味的蔬菜即可。"

"苣荬菜行吗?"我突然想起小时候经常吃的一种野生植物。这种植物,《本草纲目》里有记,味苦、性寒,有清热解毒之功,可治疗各种痈肿、疮毒。但由于它多生长于盐碱较重的贫薄之地,医生很可能并不认识它。果然,医生很奇怪地看了我一眼,沉吟片刻,从牙缝里挤出两个字:"行吧!"

我连续两天早晨逛农贸市场买苣荬菜,但都没有见到。怎么会呢?记得小时候这种东西到处都是。饥荒之年,我们趁苣荬菜鲜嫩,还没有充分放出叶片时,把它们从田间挖回来当蔬菜,聊以充饥,一挖就是一盆。当苣荬菜稍大,人就不再食用,而是成筐成袋地挖来喂鸭喂鹅。大约是这些年农田里普遍使用了除草剂,彻底把这种东西剿灭了。

第三天,终于如愿,但那苣荬菜早已长大到只合喂鹅喂猪的规模。为了祛病,怎敢矫情?我不由分说,包买了一筐。拿回家,每顿饭佐餐大吃大嚼起来。但这样的苣荬菜味苦质糙,难以下咽,我一边吃,一边暗自纳闷,人生怎么混到了吃鸭鹅之食的境地?不由得怀念起从前,那时的生活尽管贫寒,但过得有滋有味,至少可以优于鸭、鹅。赶上雨水丰沛的年景,采一把鲜嫩的苣荬菜放在嘴里,细细咀嚼,苦味中终会透出丝丝的甜。

吃过三天苣荬菜之后,奇迹出现了。那晚正当我龇牙咧嘴大嚼苦菜时,窗外刮起了凉风,紧接着,彤云密布,电闪雷鸣，下起了瓢泼大雨。我顿时忘记了头疼，随之，神清气爽，心情大悦，我已经无病。

　　神奇呀，这其貌不扬的苣荬菜，竟有如此功效！

人七面

梦断。清晨四点半,像有一只受过指派的手,很刻意地,将我从沉睡中"摇"醒。

蒙眬中抓过枕边的表,草草看了一眼,随后咔嚓一声,将冰冷的钢质表带,紧扣在左腕上。这时,头脑突然清醒起来,想到了一个词——时间的囚徒。

这一生,真的就落在了时间的手里,任此身怎样地辗转腾挪,总逃不出时间的网罗和掌控。逼仄与宽限、紧张与从容、禁锢与自由、生与死、醒与寐、记忆与忘却……一切都取决于时间到底给了你多大的限度。但这么早,把我从梦中"提"来,像提审一个囚犯一样随意,时间,它今天到底想做什么?

凝神想来,今天还真是一个特殊的日子——正月初七。若在从前,父亲会早早起床,不用任何人提醒和催促,就悄悄下到灶间,烧火,擀面,做起"人七面"。窸窸窣窣的弄柴声和咕咕隆隆的擀面声交错,从隔门外传来,朦胧而又遥远,像隔着一场梦,梦之外又有一列吐着蒸汽的火车,在由近及远地行去。

据老人们讲,"年"原来是一种专门到世上来抓人的怪物。初七,它要来抓的,是幼小的孩童;十七,它要来抓青壮的成人;二十七,便来抓处于人生后半段的老人……

老家的人们把正月里这三个特殊的日子定为"人七日"。为了不让"年"随意把人带走,就在人七日里吃象征着绳索的人七面,把人牢牢"拴"在这热闹而又劳碌的人世间。

旭日初升,人七面早早煮好,升腾的热气在寒冷的屋宇里直达穹顶。一家人开始围坐在一起,怀着虔敬的心情默默将那碗热面条吃下。据说,那顿早餐就拥有了保佑人吉祥平安的愿力。

如今,父亲已经过世多年,做人七面的习俗也早已中断。家里的独生女儿婚后又迟迟不要孩子,这顿初七的面条,自然不用再费心张罗了。

然而,我还是早早起了床,像当年的父亲一样,认真地擀起面条。管它呢!我今天不但要擀,而且还要尽可能多地擀。近些年我渐渐发现,过眼、过心的很多事物,消逝得越来越快了,有时快得我心里发慌。

如果这人七面真具有"拴"的魔力,我倒是要试试,能不能把即将或正在消逝的事物都一一拴住。

扫帚梅

秋日将尽，落叶纷纷。在北方，这个时节还能够迎风盛开于园林边缘、道路两侧的花朵，大概也只有波斯菊啦！当地人坚持把这种花儿叫作扫帚梅。其实，除了扫帚梅它还有不少雅致的名字——秋英、秋樱、大波斯菊、八瓣梅、金露梅等。这里的人们之所以会在众多的名字中选了扫帚梅，大约是因为离他们的"乡土"更贴近一些吧！

这时节，天地间的浊气下沉，清气上升，天空往往呈现出没有杂质的水蓝，阳光也格外明亮，只是令人担忧的寒意常常随着风的来去而露出"狐狸尾巴"。扫帚梅们似乎并不想过多理会步步紧逼的寒冷，那些热烈的季节既然已经归属于别人，她们只能抓住最后的时机，猛烈释放生命里积攒下来的能量。雪白、水粉、深紫、艳红地盛放，在风中忘情地舞动，像无所顾忌的狂欢，也像由巨大不甘所激起的抗争，也娇艳动人，也楚楚可怜。

这花朵，本是命薄福浅之物，远富贵，耐苦寒，只喜欢贫瘠之地，忌肥水，又忌温热，平生所需，无非一把瘦土、几缕阳光。虽然身子纤细羸弱，但满枝满头的花朵让她们看起来充满了难以抑制的生机与活力。如果，把她们种植在肥水充足的土壤里，她们反而只长枝叶，不能开花。日久，便如肥胖症患者一样，因浅浅的根基难以支撑起巨大的身体而倒伏于地。也许，这就是命吧！

多年前，我的一个远房侄女，在一个偏僻的小山村里出落成了一个水灵灵的少女。表哥觉得把这样"出彩"的女儿放在荒村野舍有点儿可惜，就商量先把她放在我家里锻炼两年，长长见识和能耐，再谋发展。

侄女来了以后，新衣、美食，养尊处优，很快便白了胖了，却也很快没有了先前的灵秀之气。日益变得肥厚的脸颊和粗壮的腰身，尽管有价值不菲的花衣包裹，却再也找不到当初穿着宽宽大大的粗布衣服时的那种楚楚动人。目光在楼群间游弋，也完全不似在庄稼和树木间穿梭时那么自如，滞涩、黯然之中常常流露出淡淡的忧伤。日子一久，渐生抑郁。没办法，表哥只好把女儿接回去。

回乡后，她仍然是风里雨里、田间地头，粗食、粗布加粗活儿，人却精神、灵动如初，就像鱼儿回到了水里。时光对她来说，仿佛并不是流水而是膏油，粗粝的生活，反而把她打磨得更加俏丽、水润，如一个成了精的小狐狸。

再见时，我问她以前的毛病是不是好了，她说："叔，一回到乡下，什么毛病都没了。我就是享不了城里的福啊！"

我知道那是自嘲，但还是从她的脸上读到了一个十分复杂的表情。感觉，有一点儿坦然，也有一点儿无奈；有一点儿温顺，也有一点儿凄凉。那一刻，我突然就联想起村路两侧的扫帚梅。

杀年猪

　　明晨就要杀年猪了,这可是一年中最让人盼望的日子。

　　在从前那些艰苦的岁月里,生活在乡村里的农民,一年到头埋头劳作,吃着极其粗糙和寡淡的食物,见不到一丝荤腥,胃口空落得如久经干旱而龟裂的土地,哪怕有一滴油水都能让它兴奋得直冒烟儿。所以,北方的广大地区就有民谚:"小孩小孩你别哭,进了腊月就杀猪。"

　　然而,家里的女人突然就睡不着了,翻来覆去,似有芒刺在背。年年如此。男人很是懂得女人心里的不忍和不舍,只一句抢白,叫劝解也叫责怪:"养猪不就为杀了吃肉!难道你要养它一辈子吗?"一翻身,已鼾声如雷。

　　好歹挨到凌晨四点钟,天色未明,女人就匆匆起床,苦着脸,烧水,切酸菜。

　　稍后,便有三五村邻提着杠棒、绳索和柳叶刀聚集在堂屋,做好宰猪前的准备工作。接下来的抓猪,捆绑,上案,冲洗,宰杀……一切按部就班地进行。

不断有声响从外边传进来,女人的脸部肌肉总会不由自主地抽搐一下,待惨烈的嚎叫刺入耳膜,女人的泪水便开始扑簌簌地落在温热的手上和冰冷的酸菜上。

一般,高明的屠夫会让这一过程在最短的时间里结束。我们村杀猪的老王会一边吹气、燎毛、开膛、解肉,一边念念有词:"猪啊猪啊你别见怪,谁让你今世托生了猪!这世忍痛积了福,来生做人不做猪。"

很快,猪就不再是猪,而是猪肉了。猪肉入锅,一个时辰之后,满室飘香。女人、男人和前来助阵的邻里一起忙碌起来。不大的房子里,满满地摆了六张桌子,差不多半个村子的人都被请来吃猪肉。胃的快乐,升华为脸上的快乐,脸上的快乐则将一年或一生里所有的苦涩和悲伤都化作缭绕的芳香。有因故不能到场的村民,女人记在心里,稍微空闲的时候便装上满满的一碗肉送到村民家里去。

曲终人散,屋子里只剩下男人和女人,空得一根针落地都铮然有声。

女人突然问男人:"你听到猪叫的声音了吗?"

男人说:"哦,哦,是已经到了喂猪的时间!"

上　坟

很小的时候，母亲就经常问我，还记不记得太奶奶长什么样子。

我说，记得。在我的印象中，太奶奶就是那个样子——白白净净的一个老太太，一身的黑衣，一脸的慈祥，虽然不一定在笑，但看起来似乎一直在笑。

母亲便微微点头，脸上露出一丝慰藉的神情："嗯，也算你太奶奶没白疼你一场！"

后来，我离开村庄，去省城读书，只有寒暑假能回家一趟，但每逢年关，母亲仍然要问同样的问题。我当然要说记得，但也认为母亲年岁渐大，她自己问过的话以及我的回答，才经常被她忘记。接着，母亲又说："记得抽空给你太奶奶上坟。"

于是，我背着一捆黄表纸，走在上坟的路上。

北方的正月，虽然已过立春，却仍然天寒地冻，在田野上行走，还是要穿着厚厚的棉衣，衔着一口长长的哈气。同样是上坟,却远远比不得北宋时《清明上河图》里所描绘的那番从容。

我一边走,一边回想起母亲讲过很多次的故事。

其实,还不等我记事,太奶奶就已过世了。听母亲说,太奶奶晚年瘫痪在床,自从我出生,老太太就整天用手托着我,舍不得让我哭一声。醒,在她手掌心里玩;困,在她手掌心里睡,连我后脑勺的形状都与太奶奶的手掌是吻合的。那年,家里着了一场大火,如果不是太奶奶用她残疾的身体紧紧护住我,我可能早就一命呜呼了。母亲每次讲述,都不忘那个惊险的结尾:"人们刚把你和你太奶奶从房子里抬出来,那房子就轰然倒塌了。"

上坟路上,我遇到了我该称呼为"三爷"的一个村邻。他也问了我那一个问题:"你还记得你太奶奶什么样子吗?"

我笑笑,说记得,心里却有些沉重,也有些凄然。太奶奶的坟,因为年代久远,已经不像从前那么高大了,但长满了茂密的野草。站在太奶奶那有几分荒凉的坟前,我在想,这个曾与我血脉相连、命运相系的人啊,怎么就一去渺茫,再无声息了呢?时至今日,我甚至连她的一个清晰的表情都记不得了。

我对太奶奶的全部记忆,都来自一张老照片。太奶奶抱着我,端坐在一把太师椅上。照片从前是镶在一个木制的相框里,摆在老家柜子上的。后来搬家,也不知那批照片被谁放到什么地方了。这几年,只要我一回到老家,就不失时机地翻箱倒柜,埋头寻找那张老照片,母亲常常责怪我:"这孩子在找魂儿呢？"

去年，我终于把它找到了，兴冲冲地拿去给母亲看，母亲却说这根本不是我和太奶奶，而是我的姨姥姥抱着她自己的孙子。我一时茫然无措。

这些年，我竟然真的不知道太奶奶长什么样子！可是，想来想去，太奶奶应该还是这些年一直刻印在我心里的那个样子呀！

上甘岭

少年埋着头,独自走出他所居住的村庄,走在东北的大平原上,走在大平原厚厚的积雪之上——咯吱,咯吱……

雪在阳光的照耀下发出白白亮亮的光芒,如白白亮亮的水,一刻不停地向后掠去。此时,他满脑子都是一幕幕轮番闪现的电影画面——幽暗狭窄的地下坑道、乱石横陈寸草不生的山头以及硝烟弥漫的天空……前一天夜晚,他冒着零下三十多摄氏度的严寒在乡村场院上看了一场露天电影《上甘岭》,清早醒来,身心仍沉浸在昨夜的情绪和感念之中。

那场电影记述了朝鲜战争时期一场真实、残酷的战事。为了争夺上甘岭主峰高地,在3.7平方公里的土地上,43天之内,敌我双方共投入超过10万的兵力,平均每平方米土地落下过70余枚炸弹。战后三年,去采访的作家发现,上甘岭高地依然是一片焦土,黑糊糊的乱石丛中,没有一棵完整活着的树,而其他山上早已树木葱茏,凄艳的金达莱绽放如火。

然而,真正占据少年情感和内心的并不是那一次次惨烈的战斗和战争中英雄人物的坚毅、顽强，而是战争间隙一段柔美的插曲。在那个年代里，坚硬的东西随处可见，人们不怕苦，不怕累，不怕死，更不怕硬，却最怕那些柔软的东西。当一个女战士带头唱起那个年代很著名的一首歌曲《我的祖国》时，少年人忍不住流下了泪水，顾不得泪水借助寒风的吹拂，像刀子一样一下下割在脸上。

"一条大河波浪宽，风吹稻花香两岸。我家就在岸上住，听惯了艄公的号子，看惯了船上的白帆。这是美丽的祖国，是我生长的地方……"连续很多天，这首歌曲都在少年的头脑中一遍遍回荡，只要那歌曲的旋律以及轻柔委婉的女声在意念里响起，他就无法保持内心的平静。他只能眼含着泪水走到户外，走在风中，以奔走平息内心的波澜。

其间，很多种美好的意象如梦幻的花朵，在眼前次第开放——

黑色的焦土上，一棵稚嫩的小树在发芽，并执拗地抽出绿色的枝叶；干裂的大地上，一脉流水从远处恍恍然而来，一边流淌一边浸润出微微的草色；冷漠麻木的人群里，有一张美丽的脸庞，突然转过来，粲然含情一笑……

如此，少年仍难平息内心一阵紧似一阵的疼痛。他并不清楚，疼痛的原因是那没有边际的缺憾，还是辨不清方位的向往。

他蹲下身，抓一把积雪在手，觉察到雪已经开始悄悄融化了。抬起头，就连风也有了温润的气息。他隐隐地猜到，自己已经走到了某个春天的边缘。

不知从哪一年起,少年不再年少,才真正懂得,春天就是那么一个把什么都能融化成水的季节。他微笑,以手扪心,那里仍有一条宽广的大河在流淌。

深秋里的格桑花

秋，已经深得没什么温暖了，路边的格桑花却仍在怒放。这怒放，虽然也旺盛，也绚烂，却并不平和。渐冷、渐寒、渐紧的风里，这么拼命地开放着，总让人感到，有那么几分不甘和悲壮的意味。

格桑花艳而无香，却经常让我想起秋香。但秋香不是花，而是一个像格桑花一样在秋风里苦熬苦斗的女人。

其实，秋香也曾有过目醉神迷的春天。春天里，她曾经为了一个心仪的人，呈献出千般妩媚和万般芬芳。那个自称是爱花和护花的人，不仅为她勤施雨露，还曾为她驱蜂赶蝶，仿佛任何他人的赞美和亲昵，对秋香都是一种亵渎和冒犯。情爱有毒，珍惜中难免夹带些过激的珍重，我们通常称之为嫉妒。

可是啊，春天还没有过去，那个护花人自己就变成了一只蝴蝶，悄悄地飞向了别处的花丛，终至音讯渐稀。

某一天，那个人突然给秋香送来了几张舞厅的门票，让她烦闷时自己去寻开心。于是，秋香什么都明白了，她知道一个舍得甚至怂恿自己到别处去寻找快乐的男人,心中已经没有了留恋和爱。

在那场风花雪月的游戏中,只有秋香一个人中了爱的剧毒。那人不辞而别之后,秋香一下子就跌入了一个人的秋天。在刺骨的寒冷中,她已无意寻求任何甜蜜、芬芳和温暖,她要用自己疼痛、战栗的余生诅咒那个忘恩负义的人。尽管理智告诉她,自己的一切信息都已经无法传送到那人的身边,但她还是不遗余力地戕害着那人曾经爱过的自己——找一个不爱的人结婚,并让他感觉到自己的心在别处,或在一个看不见的人身上。每日的争吵和拳脚相加,让她进入一个既疼痛又迷恋的人生梦魇。

于她,人生的全部意义似乎只是用一把钝刀一次次切开自己的肌肤,将清晰可感的疼痛传给实际上永远也传不到,即便传到也不会在意的那个人。

人们曾怜悯秋香的不幸,并不断尝试将她"领"出情感的泥潭,但她总是在跟随一小段距离后,不声不响地回过身去,重蹈覆辙。

秋风如刀,一簇簇穿过路边的格桑花。这秋天里最后的花朵,在冷风里不停地战栗,闪烁出绚丽和激情的光芒,如坚韧的舞者,以伤以血演绎着一段凄美的传说。已难判断,此时从她们生命里传达出来的究竟是"痛"还是"快",但这摇动的花影,却让我在恍然中如梦方醒。

原来,在命运的棋局之中,我也一样身处云里雾里,比起秋香,也许更加不晓得表象之后所隐藏的深奥。

剩　榆

　　起先，我家北窗外靠左的一边有两棵李子树，一棵是紫李，一棵是普通的玉黄李。春天时，两棵树都开白花，它们本是同类、同属，不细心的人很难发现它们的差别。但花期一过，紫李就生出了紫色的叶子，玉黄李则生出了绿色的叶子。有风吹来，二树摇曳，枝与枝交臂，叶与叶摩挲，如一对如胶似漆的情侣，在阳光下翩然起舞，好看又和谐。

　　然而，开花也好，结果也好，生命的本质并不是为了"作秀"，而是竭尽全力地让自己生存下来，并把生命的基因尽可能地传承下去。

　　所谓的荣光和尊严，只是人们一厢情愿的想象。让存在的印记深深地镶嵌在无情的时光之中，这本身就是尊严。

　　夏日一到，窗前的草木们便无暇顾及人们的品头论足、留意或不留意，趁一季的好风、好雨、好阳光，以奔跑的速度，抓紧生长，为自己争夺、储备着生存的权利和空间。

　　夏末的某一天，我站在窗前发呆，突然发现两棵李树之间不知什么时候长出了一种特殊的植物。不是草,是树。

拇指粗的树干直直地从土里伸出来,像一条笔直的棍子或鞭子,从两棵李树的缝隙中蹿向天空。出于好奇,我特意绕到近前看个究竟,原来是一棵榆树。真奇怪,小区院子里种的都是一些样子好看或名贵、珍稀树种,多年来就没见到过一棵榆树的影子。它是怎么生出来的呢?难道是凭空出现或从天而降?

现在我要考虑的是如何处理。榆树,我是很熟悉的,那是一种生命力极强的大型乔木。不出几年,它就会长成一棵形态粗犷、皮糙叶茂的大树。小时候,家住平原,到处都长着这种榆树。由于家境贫寒,食物常常不足,我们就拿榆钱儿、榆树皮充饥。

除此,榆树还是一种十分优质的木材,可做栋梁,可打制结实的家具,用以支撑我们简陋的房屋和生活。平心而论,榆树虽贫贱,但对我恩深义重。问题是,对于现在的我,它已经失去了意义。时代已经发生了翻天覆地的变化,我们,包括我自己,已经不再对食物和木材等事物感兴趣。

在情感上或需求上,我们更偏爱李子,因为李子不但春天有花可看;秋来,还有酸甜可口的果儿可供品尝。而榆树一旦高可参天,李子树就会被压抑在它的伞盖之下。于是,我决定一剪刀把这个将来一定会威胁李子树生长的榆树除掉。

就在我举起大剪的一瞬,心里突生恻隐,想到这棵榆树生之突兀、活之不易的命运。

在小区这个人工植物群落里,这棵小榆树不正是树木中的"寒门子弟"吗?我凭什么私自剥夺它生存、竞争的权利?

于是,我放弃剪除榆树的想法,返身,离去,让植物们遵循天意去安身立命、自由竞争。

生存策略

北方的七月，草长莺飞，各色野花在原野上竞相开放，有如五彩繁星，在那片绿色的海洋中忽隐忽现。

花花草草虽然美丽，却迷不住男孩子的心。草地上有的是让我们更加着迷的事物。比如在草丛做窝、产卵的草原鹨和那种飞行时发出神秘沙沙声响的蚂蚱，再有就是那些既能在太阳下歌唱，又能在月下弹琴的蝈蝈。

多年后，读到《诗经》里"螽斯羽，薨薨兮。宜尔子孙，绳绳兮……"的句子，才知道那看起来陌生又难懂的螽斯，就是我们司空见惯的蝈蝈，也才知道螽斯族群里的成员竟多达四五百种，其复杂性和多样性并不亚于形形色色的人类。整整一个夏天，我们为这些体形各异的小鸣虫以及它们发出来的美妙声音所吸引，不断在草丛、农田间奔忙，追寻着它们的踪迹，并以各种方式聆听它们那令人着迷的弹奏。

在这场空灵、清丽的盛夏大合唱里，偶尔会冒出几声大提琴般低沉而粗重的声音。这让我们不由得想到草丛中一定有一个体貌魁伟的大佬，遗世独立，雄踞一方。于是很好奇地循声去寻，几乎翻遍脚下的每一寸青草，也没有什么大物显现。

末了，却有一只体形小巧的螽斯从草缝里钻出。就是它了！当它被我们捉到手上时，它已经惊恐得忘记了鸣叫，只一个劲儿地拼命挣扎。看着它那狼狈的样子，我心里隐隐感觉有一些怜惜。

这么一个小东西，为什么会有那么粗重的声音呢？之后的一段时间，这个问题一直在我的头脑中萦绕。

同伴中有个叫石头的男孩，个子低矮，却有一副与他的身材十分不匹配的嗓子，发出的声音很响亮。如果只闻其声不见其面，一定会以为他是一个体形高大的人。看见石头的时候，我突然意识到，他就是人群中那个身小声大的螽斯。至于为何如此，我还是不明白，也许在视觉上有欠缺的事物，总要在听觉上弥补吧！上天的美意，大约不需要明白。

石头不仅声音夸张，人也有一点儿虚张声势。刚刚十一二岁的年纪，天天坚持"练拳"，不管见到什么抬手就是一拳，久而久之，手上的关节便长了厚厚一层老茧。石头有句口头禅："谁惹我，我就一拳打掉他的下巴！"他这样说的时候，我们都很相信。

一天，邻班一个爱"打仗"的学生突然在放学的路上截住石头，非要"会一会"他的拳头。结果石头还没来得及出拳，就被对方一脚踢翻在地……

事后，我陪着石头默默走在回家的路上，心情非常复杂、难过。我们的情绪很低落。这时，路边草丛中又传来那种螽斯的叫声，低沉、厚重、清晰，令人敬畏，但我已经知道它本来的样子了。

后来，我一直为此事懊悔，当初真不应该把那只胆小的螽斯从草丛中捉出来。

失　算

从前的冬天很寒冷。

一入冬，北方人就全副武装起来，棉衣、棉裤、棉帽、棉鞋……整个人看上去就像被装进了厚厚的套子里，完全失去了本来的面目。重重遮蔽、重重阻隔，很难让人感觉到厚厚棉衣包裹着的那颗心的颜色和热度，哪怕对方是一个"能掐会算"的人。

那年冬天，担着"卦摊"从河南过来给人算命的李先生，终于在查干湖岸边一个叫苏克玛的小村庄站稳了脚跟。村民们的命，李先生曾算出多少，不得而知，但他在村民心中的地位确实很高。某些时候，他就像神一样被敬畏着。也正因如此，他才不忘一报几年前的"一箭之仇"，他认为，一个受尊敬的人必有这样的尊严。

时日延宕，三年前的一幕不但没有在李先生的脑海里变得模糊，反而愈加清晰起来。他忘不了那个五脏如焚的夏日午后，当他感觉自己已精疲力竭之时，正好遇到了一个貌似和善的妇人，提着水从对面走来。

他强打精神向那妇人讨口水喝，没想到，正欲痛饮时，妇人抢先向他面前的水罐里撒了一把碎草。李先生强忍住心中的愤怒和屈辱，慢慢地把头低下，一边吹去浮草慢饮罐里的水，一边在心里悲叹："虎落平阳遭犬欺呀！"喝完水，李先生并没有立即离去，而是站在原地，远远地望着那妇人，看她到底进了哪家院子。

冬天来了，李先生终于等到一个绝佳的机会。原来，那妇人的丈夫姓孟，是查干湖上的渔把头。旧时"江湖"上有"吃快当"的规矩，只要谁来到打鱼人的"网房子"道一声"快当"，就可以随意将手边的容器装满，无偿把鱼拿走。

容器多大没有明确限制，筐也好，盆也好，从来没有人计较。但湖边的人知道打鱼人的辛苦，一般也不多拿，充其量三五条，尝尝鲜，沾沾"喜气"，临走还要留下一些日常用品做"人情"。

一天夜晚，趁孟把头不在，李先生发动村子里的农户，结伙去孟把头的网房子道"快当"，他在明处交涉，众人在暗处等待，当守鱼人答应拿鱼时，村民一拥而上，车载、肩扛几乎把孟把头半冬的捕获一扫而光。临走时，李先生还理直气壮地留下了自己的住址和名号，等候孟把头去找自己"算账"。

数日后，孟把头果然来到苏克玛。问明李先生此举完全是为了报妇人那"撒草"之仇后，孟把头仰天大笑："真可惜，一个算命的人竟算不准自己命里的恩仇！"

此间常识：天暴热，人极渴，不能痛饮冷水，痛饮，有"炸肺"死亡的危险。原来，那妇人竟怀揣着一颗仁厚的苦心。

李先生羞愧难当，绕过孟把头的目光，放眼苍茫的远天和大地，他平生第一次觉察到由开敞空阔而生的压迫和逼仄。

第二天，他悄悄离开了苏克玛，从此，再也没有回来。

试　锹

　　一把锹——铁头、木把，静静地立在房屋和围墙的转角处，像一个无所事事的老农，呆坐在阳光之下，满面锈色，毫无光彩。我们彼此打量，仿佛似曾相识，却熟悉又陌生。

　　多年前，当我还是一个乡间少年，几乎每天都要和铁锹打交道，常用它挖土、掘石、铲草，或修整门前的路。那时的铁锹，锹面锃亮，银光闪闪。由于锹把天天握在人们的手中，因而显得瓷实细腻、圆润光滑，仿佛表层涂了一层蜡或油。至于其所具有的用途和功能，不用强调，一看便知。如今，它被长期闲置在角落里，似乎一切都为厚厚的锈迹所掩盖，包括它的名字、它的身份和它存在的意义。偶尔遭逢某一瞬间的茫然，竟疑惑：这东西到底是"干什么吃的"？

　　久违了，那些目标简单、明确的困苦时光！那时，我们似乎每天都知道自己应该做什么，对身边的每一件熟悉的事物，也都能明了其存在的意义，比如锹，比如其他，因为没有一件是毫无用处的摆设，或有意无意的弃物。

也许，一切的存在和意义都需要某种方式的确认。我何不就用那把无人问津的锹，在它命定的泥土上挖一个坑出来，然后栽上一棵可以活得比我的生命长度还要长几倍的树木？于是，我开始挥舞铁锹，在一片土石参半的空地上，奋力挖掘。

薄薄的锹刃透过泥土，挤在土下的石缝里。我用力踩下去的时候，伴随着硬物与硬物碰撞所发出的咔咔响声，感觉铁锹的凹面在石头的阻击下发生了幅度不小的扭曲，脚下明显感觉到了一"空"。那种空，没有经历过的人，很难体会。

当然，体会到了，也很难描述。简单地说，就是徒劳无功。你以为进入很深了，实际上并没有太大的进展。抬头，望一望四周，觉得自己很唐突、很无能，也很泄气。但不管感觉有多么不自在，劲儿还是不能松的，坚硬的土石堆在那里，唯一的选择只能是奋力坚持。

将锹从土石中抽出来查看，锹并没有受到任何损伤，反而因为土石的剧烈摩擦使锹面上的锈迹消失从而显出其本来的光芒。就像它从前的主人——我的父辈们，似乎终日的劳累和没有尽头的困苦，随时都有可能把他们的意志或生命摧毁，但每次定睛审视，他们都依然保有着不屈不挠的激情和坚韧不拔的耐力。

以锹掘土的时代已成过往，生活似乎也不再简单。但一把锹在手，不断重复着一个简单向下掘进的动作，让生命体验变得无限复杂起来。

随着铁刃碰撞石子的响声，我感觉到了周身的疼痛，那疼痛却不知是来自肉体还是灵魂。恍惚中,我变成一把正在挖掘的锹,艰难切入透明的时光。或许有一天,我终会挖通岁月,但也终究会磨"钝"、磨"秃"了自己。

拾　秋

深深地弯下腰，像一个大幅度的鞠躬，对着你的来处，也是你的归处，然后两手或单手几乎要触碰到大地，把你看到的东西握在手里……

当你完成了这一系列的动作，再直起腰身的时候，你就从一个两手空空的人变成了一个拥有者。不管拥有了何物，拥有的期限是短是长，或是永久，你都不必惊惶。因为在事件之前，或许你已经得到了暗暗的应许；在事件之中，你已经完成了应有的仪式。

拾，拾荒，拾穗……当我眼前浮现出法国画家让·弗朗索瓦·米勒的《拾穗者》时，仿佛从不可见的高处传来这样的声音："在你们的地收割庄稼时，不可割尽田角，也不可拾取所遗落的，要留给穷人和寄居的小动物……"这是一份永恒的应许，给穷苦人，也给弱小的生命。

这声音常常让我想起多年前东北农村的"拾秋"。因为粮食短缺，秋收之后总有一拨接一拨的农家妇幼，或三三两两，或"单枪匹马",终日盘桓于各种类型的农田,拾取遗落在地里的穗子、籽粒或根块。但"秋"是永远拾不起,也拾不尽的。待到大雪纷飞的寒冬,人们纷纷躲进温暖的房舍,曾被人类捡拾过的残秋,就归那些在天空和大地之间飞来飞去的野鸟和趁夜色在田垄间反复逡巡的小兽。

不得不承认,有很长一段岁月,广大农村的粮食生产者都是需要"拾秋"的穷人,我家也不例外。母亲年轻时全力料理家务,量入为出,虽很少去田间劳动,却要保障一家人在有限的用度下吃穿无虞,所以必须练好"节衣缩食"的功夫。除此,每年秋天,母亲的身影一定会出现在拾秋队伍之中,长长地滞留在秋收之外,以弥补秋收的不足。记得收获最多的一年,她一个人拾回近200斤的粮食。

数十年过去,家境早已经发生了天翻地覆的变化,曾经年轻的母亲也渐入老境。按理说用不着再过以往那种精打细算的日子了,但母亲仍然节俭如初,买菜要买便宜的,剩饭剩菜不许随意倒掉,一定要留到下顿继续吃。众子女激烈反对,说她影响了我们应有的生活品质。

母亲黯然神伤,用低低的声音对我们说,也像自言自语:"孩子们啊,你们都忘记了我们过去那些拾秋的日子啦!我们每日面朝黄土背朝天,汗流浃背才能温饱。而现在,我们的劳役被免除了,又有饱暖,为什么我们不知道敬畏和感恩,反而狂妄起来了?其实,我们一直都在拾秋啊,只不过不用再弯腰……"

事实上，除了我，弟弟妹妹们都不曾和母亲一起去拾过秋，所以母亲的话对他们并没有什么作用和意义。他们仍旧热烈地谈论着自己的事情，而我，却已无言，清晰感觉到，心在随着母亲话语的节奏，不住地颤抖。

柿　约

池园的柿子熟了。她已经写来第三封信，催我启程。

她在信里说，已经十年了，池园没有出现过如此好的光景。别的且不说，只说我们最喜爱的柿子，结得又大，熟得又透，汁水充沛，红软甜润，如果不好好享受，真就辜负了长久的期盼和十年一现的佳景。但她不想就这么寄几个过来，随意了断一个美好的愿望。她要求我必须亲自去一趟。人不到场，怎么能体现对某种渴望的真诚？又怎能体验品尝的真意和妙处？

她拒绝邮寄的其他理由也很充分：天遥地远地邮寄过来，无论如何也难以保证那最好的滋味。如果选熟透的柿子寄来，等辗转到了口边，形态上已经不可能完整无损，而味觉上又因为久久迟滞而多了几分浊气或馊气；如果选一些尚未熟透的柿子寄来，即便完好无损，也改不了生涩的实质，绝不会生出那自然、饱满的香甜。她说，她决定在池园一直等着我，不见不散。

她写第三封信的时候,甚至都有了一些央求和愤怒相混杂的措辞。针对我所说的忙和有更重要的事情要做,她甚至直接谴责了我的不懂珍惜。多年后回想往事,我自己也深深悔恨当时在行动上的虚与委蛇,但一切都已经过去了,悔之晚矣。

虽然一颗不安现状的心每天都会飞去池园,飞到柿子树下,每天都会花去更多的心念和时间神往一种物质的甜蜜和比物质更加甜蜜的情义,但我的双脚却如绑上了沉重的铅,始终在犹豫、彷徨中蹉跎,不曾向前迈出那关键一步。

当时光之门关闭,人与往事之间便隔着一层透明的玻璃,很多近在咫尺的事物便不再伸手可及,只能眼看着它们在视野中一点点远去——那脱尽了叶子的赤裸的柿树,那红得如火如心,如一个个赧然微笑的柿子,尽管仍可把一片天宇照亮,毕竟离我伸出去的手臂和指尖越来越远了。

秋天过后,会有霜雪落满池园,也会有成群的喜鹊飞临池园。"冬天的柿,喜鹊的食",蜂拥而至的喜鹊会像园子的主人一样,霸占园中的柿树,一天接一天贪婪地啄食着树上的柿子。这也难怪,对于一片荒芜的园林,谁都有可能成为那里的主宰。

时光漫漶,无拘无束。门里是时光,门外仍然是时光,它就那样无处不在、无所不能地塑造着宇宙间的一切。

当池园的风景皆从我的视野中消失时,我才发现自己已经在一个恒定的地点伫立太久了。久得生出了根,长出了枝丫和叶子,变成了一棵树。可那到底是怎样的一棵树呢?秋风过后，我看到了结满枝头的柿子，每一个红红的柿子都像我裂变的心。

池园中，似乎还是同一群喜鹊，横跨岁月而来，贪婪地啄食着树上的柿子。每一口下去，我都看到了它们嘴角的红色液体；每一口下去，我都感觉到了来自胸口的阵阵刺痛。

书　法

看杨先生写字，如沐春风。

每次临案之前，他都要净手焚香，凝神静气。一袭宽松、随意的便服，倒显现出几分严谨与圣洁。宽大的案几，紧贴着南窗的位置。他写字时要对着阳光，而旁观的人大多要站在他的后边，欣赏他硬朗的身体或轮廓。偶尔他凝神不动，从远处望过去，如一个镶着金边的汉字，刚从宣纸上站出来，而下一刻，他也许又会低低地俯下身去，仿佛还要回到纸上去。

如果有什么话想与他说，就要赶在这个节点之前，一旦他提起笔就很难再和他搭话。他会像自己手中的笔和笔端的墨一样，把生命里所有的能量都通过一个隐秘的通道注入宣纸上的字中。那些汉字婀娜多姿的姿态就是他生命的姿态和灵魂的姿态。

古时，以毛笔书写汉字并不是一门单独的艺术。唐代大辞章家和书法家柳宗元曾这样教导自己的学生："道假辞而明，辞假书而传，要之，之道而已耳！"他的意思很明白，书法不过是抄写文章的工具,而文章也不过是明道的工具,二者都不具有终极意义。到后来,随着书写工具和手段的升级,人们抛开了手中的毛笔,这才发现,以毛笔书写汉字,竟然别有一番隐秘而愉悦的滋味。

关于书法的历史、功能和存在意义,杨先生从来不妄加议论。杨先生生性恬淡、沉稳、不事张扬,所以他的字虽好,但名气不大。小城人鉴赏能力低,眼界窄,只看重媒体的宣传和个人的造势。所以,很多附庸风雅的市民和官员争着抢着出高价去买那些表演"悬"纸、以拖布代笔或边跳舞边涂抹的"书法"。

不少人为杨先生惋惜,觉得他的字蕴涵着更多、更高贵的艺术品质,便劝他也适当地表演一下,以取众悦。杨先生两眼一横,面若冰霜,说:"我只会习字,不会耍猴儿!"

这几年,国内的书法热似乎越来越盛,市面上的"大家"和"大师"也越来越多。每遇众人挥毫炫技,我都会情不自禁地怀念起杨先生。

一别经年,也不知道杨先生还在不在世,更不知道他在小城里是否得到了应有的尊重。

霜　花

今冬酷寒，室外的气温骤降至零下三十摄氏度，城市供暖房屋的塑钢窗却仍然明净如洗，没有一丝有关寒冷的印证。难道这个时代的窗子和这个时代的人们一样，也无心映现或留存那些遥远的记忆了吗？

记得三十年前，乡下的每一方玻璃窗上都结满了霜花。

小时候不懂物理，认定窗间的霜花就是窗子凝固的记忆。想象中，四时风景、花草树木，很多好看的影子映到窗子的"眼中"，窗子就牢牢地记住了它们的模样。在寒冷寂寞、漫长的冬夜里，窗子靠什么来打发无聊的时光呢？只能一边回想那些美好的事物，一边以霜雪描摹出记忆中的图画吧。

于是，各种各样的植物竞相展开晶莹剔透的枝叶——有的如素菊狂放，叶片与花朵层次分明；有的如牡丹含苞，花朵从花萼里将出未出；有的如雨林在望，阔叶的芭蕉、条叶的棕榈、细密精致的散尾葵遥相呼应；有的则如芳草与树木混杂而生，这边的芦苇刚刚抽穗扬花，那边的合欢树早已枝繁叶茂……

千姿百态的霜花，常常唤起我无尽的幻想和向往。那时，我正痴迷于《聊斋志异》，满脑子都是些花鬼狐妖的故事。望着似真似幻的霜花，总是痴痴地想，在现实之外，在阳光之外，在远离人群的荒郊野外，真的存在着一个扑朔迷离的异类世界吗？那么，那个世界的入口会不会掩藏在某一片霜花后面呢？

夜里，果然就有长发白衣女子仄身入梦。当她张开巨大如天鹅羽翼般的臂膀，一个如梦似幻的春天来临了，薰风浩荡，鸟语花香，清清亮亮的小河，水流到哪里，哪里就如跟随着笔锋行走的墨迹一样，染上了浓浓的绿色……

美梦醒来，却又是一个冰天雪地的清晨。白色的光从窗口及墙壁上同时倾泻下来，依稀可感的暖意已荡然无存，寒冷的土屋依旧寒冷。起身掀帘而视，窗间已一片荒芜，因为结了太厚太重的霜雪，那些好看的花草树木图案已经差不多被全部遮盖了。我伏在窗前，用口中呵出的热气慢慢将窗子上的凝霜一点点融化，遂有一个洞口从其间露了出来。

一个光明的洞口。目光一越过洞口，便跌入了梦境之外。白白亮亮的光，照耀着不容置疑的现实——夜间，已有一场大雪悄然落地，一片苍苍茫茫的白，遮掩了物体的轮廓，也弥合了大地上的裂隙和沟壑。凛冽的晨风，依然如昨，不慌不忙地翻墙过户，走过人们的庭院和街路，却如谎言一样不留任何痕迹。只有一行黄鼬或艾虎的足迹，轻轻细细地印在窗前，佐证着昨夜从此处经过时的慌乱或犹疑，但很快，也消失在房屋的转角处。

水之殇

自贵州安顺市东南行 45 公里处,有一条举世闻名的大瀑布——黄果树瀑布。上游的可布河水量丰沛之时,瀑布宽可达 101 米,蔚为壮观。大约四百年前的某一天,明代旅行家徐霞客游历至此,被眼前的景观深深震撼,于是,对瀑布做了一番生动的描述:"一溪悬捣,万练飞空……"

根据徐老先生的文字判断,他当年应该是从可布河上游而来的,行至流水跌落的断崖边,"侧身下瞰,不免神竦",这才发现可布河已经走到了绝境。而我则是站在断崖的对面,直接看着奔腾的河水自 70 多米的高处一跃而下,跌入下方的犀牛潭,被摔得粉身碎骨。

水破碎时化作一团乳白色的飞沫,并发出撼天动地的巨响。这单一的声响太过巨大,掩盖了周边的一切声音,仿佛世界突然变得沉寂,不再有任何声音。有人在张合着自己的嘴巴,似乎在说什么,但传不出声音。而我却什么都不想说,只是望着一个无法命名的事件,揣度着那条河最后的错愕、遗憾或疼痛。

我不知道是否可以把瀑布理解为一条河的苦难或一段流水的悲剧。但有一点是肯定的,即如果没有可布河奋不顾身的临渊一跃,这段默默无闻的流水一定不会被后世牢牢铭记。

想当初,水还在六盘水以前的时候,确实是纯然的无名小辈,几乎没有谁知道它的存在,更没有人在意它到底叫什么。若不是一路集纳百川让自己的力量和声势壮大起来;若不是一路穿山隙、过险滩,立远志而艰难前行,恐怕连一条宽广的大河都修炼不成,自然也行不到如此高远、危险之境。

这世间,人走的路、水走的路都有不平和不测。执着前行仿佛是水早已注定的宿命,即使无路可走,它也要向前,一直"走"下去。就这样,几乎没有半秒钟的沉吟和犹豫,它便决绝地跌入了自己命运的渊薮。这一跌,跌得惨烈、悲壮;这一跌,也跌得声名远扬、气吞山河。从此,人们不再记得曾经有一条河叫可布河,人们只知道某条河在黄果树跌倒后叫黄果树瀑布。

其实,悠悠山水之间,大大小小的瀑布又何止千万,有山有水的地方就会有瀑布。其他的瀑布不为人知,就是因为水小,跌的跟头也小,而可布河因为这一跤跌得太大、太响,所以举世瞩目,所以必成水中英杰!

然而,水的事情毕竟不同于人的事情。如果是人,悲壮一次必已无命,所谓的永远活在某某处,只不过是有一点浪漫色彩的说辞罢了。水却是不灭的,可布河跌成黄果树瀑布之后,散而再聚，重新流淌下去的时候，有了新的名字——白水河。不管它以后还会不会再次跌成瀑布，也不管它是缓是急，我一直认为，那已经是一条河的来生了。

来生。来生的路依然崎岖。

夙　愿

长白山脚下的吉林，吉林的双阳，是著名的鹿乡。

每年六月一到，就是采割梅花鹿茸的时节。每年，我都会借机去看一看那些未被割过茸的鹿，看它们清澈而无辜的眼神，想一些美好的往事。

但我始终也不太敢与那些割过了茸的鹿对视。我害怕在它们楚楚可怜的眼神逼视下，暴露人类内心深处的不义。本来，它们应该自由自在地奔跑在山林里，而不该在这高高的围墙之中世代偿还一份无由头的宿债。

关于人与鹿的那段离奇的渊源，我从小曾听我的姑父讲过。

"南山有鹿，北山有狼……"

少时天真，曾一直把每一个传说都当真事儿听——

它们是一对儿好朋友，行走山林，形影不离。

这一天，狼一脚踩空，掉到了猎人的陷阱里。鹿想，朋友遇难，当舍命相救。于是，一口口衔草填坑，全不顾满口的流血和疼痛，终于，狼可以踩着不断增厚的柴草跳出陷阱。

两个朋友从此更加亲密。又一天，鹿遭了同样的难，鹿以为狼也会像自己一样全力相助，可是狼说："我可不会衔草啊，我去给你另想个办法吧！"但狼却不知道要想什么法子，便边走边想，突然听到隐约的狗吠声，意识到危险将至，便撇下鹿逃遁得无影无踪。

鹿在坑里左等右等不见狼来，心中失望、恐慌。这时，一片喧哗之声渐近，鹿想，这一次肯定性命不保了，便急得流下了泪水。当猎人们七手八脚地把鹿从陷阱中弄出来时，猎人突然发现鹿在流泪，便好生疑惑，不知这鹿到底有什么苦情。

鹿突然开了口，呦呦鹿鸣，有如吟唱："狼有难时鹿相救，鹿有难时狼自走；交友别交无良友，狼心狗肺不到头。"

猎人听懂了鹿的意思，决定放它回归山林。可是鹿并不走，眼中仍流露出无限哀伤，它是畏惧山林险恶，不想回去了。

"那好吧！"猎人决定把鹿领回家。

后来，山林里的猎物被猎尽了，猎人的生活无以维系，鹿便对猎人说："我的茸可治百病，趁我六月换角的时候，你取去市场换钱活命吧！"那时，鹿刚好长出了毛茸茸的嫩角，猎人一脸的为难，不忍下手。鹿又说："放心吧，六十日之后，它们又会重生……"

这是鹿在舍身偿还人的救命之恩。

每当我看到鹿的眼神时，总会心生恻隐，仿佛它们就是我前世的兄弟。只是不知，我前世是否也曾像它们一样，为了报恩而受困于围墙之中。今生为人，我眼前已不再有高耸的围墙，但是否仍深陷于某一个得恩、报恩无限循环的渊薮？

突然就想起严蕊的《卜算子》："不是爱风尘，似被前缘误……若得山花插满头，莫问奴归处。"于是，眼前显现出一个奇妙的景象，千万头嫩角初生的鹿一齐奔跑，飞翔一样，从草地一直奔向天边……

算　盘

　　当我在电脑屏幕上打下这两个字的时候，眼前立即出现了一个久被遗忘的古老物件——四方的木头框子，一侧加了一个横隔，十几条细细的竹棍横跨两个区域，在窄隔里穿着两个木头珠子，在宽隔里穿着五个木头珠子……其实，不过是一种简单的算数工具，但因为藏有人类的智慧和心机（不但可用于计算，而且还可用于算计），所以便很难描述。

　　父亲年轻时当过专门摆弄算盘的会计，打得一手好算盘。只要数字不超过六位，任你是加减乘除，他只需两指拨动，噼里啪啦一阵脆响，一个准确无误的数字就在算盘上显示出来。遗憾的是，这个长于算盘的人，却不长于盘算，一生中经常把自己家的账算"反"。

　　有几年，外边的商贩看好村子里的绿豆，便年年赶来收购。村民们认定父亲是个精明人，跟着他，一定不吃亏，所以，父亲卖什么价，村民就卖什么价。后来，其中的玄机被商贩看破，他们便动起脑筋，偷偷塞给父亲五百元钱，让他降价卖出手中的绿豆。父亲也没多说什么,拎过算盘一算。如果卖价降下一档,我家可以多得四百元钱,但另外二十八户村民每户就要少得差不多一百元,里外相抵,全村总共少收两千四百元。于是,父亲黑下脸,挥手把钱扔给商贩。那日,凑巧本家一位堂叔在场,当即莞尔一笑,说:"这叫会算账?"

说来,这已经是很早以前的事情了。伟大的时间,把一切新的变成了旧的,又把旧的变成废物。但"灵异"的算盘,却巧妙地逃过了时光的掩埋。自从算盘的计算功能被各种电子计算器取而代之,它虽然从案几上消失了,却在某些世人的灵魂里获得了重生,并专门发挥"反向"功能——盘算。比如,一个工程或项目,明摆着劳民伤财,却因为"回扣"很大或可彰显政绩,当权者也会果断"拍板"。虽然,他在台上说得冠冕堂皇,人们却在台下听出,有一挂算盘正在他的胸腔里发出噼里啪啦的声响。

家父在世时,曾多次尝试把他的算盘技法传授给我,我却始终难如他愿。我可不想让自己的生命里平白多出一个经常会误伤自己的"劳什子"。然而,我最近发现,我心里竟然也被谁悄悄地放进了一挂算盘。

年前,几个朋友约我一起到外地过节,我心下十分犹豫。就在这关键时刻,心里的那挂算盘突然响了起来。去?不过是凑场热闹,赶个时尚,花钱,遭罪,自己的乐趣几近于零;不去,虽然有点拂了朋友的热情,却可以去老母亲身边好好陪她。就算把我那份尽人子之义的快乐略去不计,只算老母亲心中的那份快乐,合起来,"赚头"也仍然可观……

于是,我毅然放弃远行,却在转身之间,突然感觉,自己有一点儿像父亲了。你说,这世上,真有因果之验吗?

套　子

我说的套子，并不是将某物罩住，用于保护的那种套子，而是有形或无形的，专门用于构陷、绞杀的那种套子，比如广泛用于山林中捕猎动物的猎套、历史书籍中随处可见的计谋和新闻里每每提及的布局，等等，是那些看似平常无碍实则阴险可怕的一类东西。

我所知道的最小的套子是用一根比人类的头发丝粗不了多少的"马尾儿"（从马尾巴上取下的一根长毛）做成的，一端做成一个活套儿；另一端，有时坠上一个比鸽子蛋略大的泥球儿，有时拴在一截细树枝上，树枝深深地插在土里起到固定作用。

这样细的套子，多用于套那些体形很小的鸟类，比如矮脚百灵或田鹨之类。除此之外，还有一些更加粗大的套子，用于捕捉兔子、獐、狍、野鹿甚至黑熊和虎豹。但不管什么动物，一旦进入套子，便如某人误入歧途，某个组织采取了不当行动，某个集团加入了某个协议，再也无法逃脱。

套子之所以厉害，就是因为整个过程是不可逆的。当你发现自己在圈套之中或某一个"局"中之后，便不可悔改，不管你是继续向前走，还是在向后退，实际上都是自己在将套子勒紧。这时，挣扎或不挣扎，结果都是一样的。你可以选择不挣扎，就是所谓的"就范"，不做任何反抗的努力，老老实实地等待着最后的结局。这样，自然就不会感受到绞力或疼痛，得过且过，直到套子的主人在合适的时候前来"收网"或"遛套"。如果你不愿意束手就擒，那就要反抗或挣扎，于是，也就得和自己"较劲"。但你越用力挣扎，套子勒得越紧，越透不过气来，越感觉到疼痛。这相当于自杀，并且结局会很快来临。

少年时，经常看到这样的情景——在一片平静的草地上，有一双徒然挣扎的翅膀，张开了又合拢，跃起来又坠落，不断地努力却终究无法飞翔。我常常为那些不幸的鸟儿感到焦虑和悲伤，并在心里一遍遍祈祷，这样的命运千万不要落到人类的头上。

可是到后来，套子或圈套渐渐从山林里消失，居然广布于人类行走的门里、门外和道路之上。套子的形态，也自然被演绎得千姿百态、出神入化。有原始的、简单的，也有现代的、复杂的；有只应用于个体身上的，也有应用于族群的；有应用于单一领域的，也有应用于一切领域的……

凡此种种，让人心中不由得充满了凄惶和恐惧，谈各种蛛网一样的绳索和绳索一样的线状物而变色，甚至不敢正视马路边的条石、条石边的框框和道路上各种各样的白线和黄线,不敢想象悬在头顶或布在暗处的摄像头、某一个莫名其妙的电话或信息,更不敢联想装在某些人心里的心思、计谋或策略……

天老爷的小舅子

夏日的水塘边,有一种拇指大小的翠绿色的小蛙,叫作"天老爷的小舅子"。

在故乡,人们痴迷地相信人间的一切都由一个站在高处的万能者来主宰,这就是通常所说的上天或者苍天,拟人化一点儿就叫"天老爷"。

这小蛙,为何叫"天老爷的小舅子"?孩子中有人知道它的秘密。据说,这种蛙一旦为干旱所困,"天老爷"就会降下雨来,救它于危难之中。这并不难理解,既然是亲戚,哪能见死不救?更何况"天老爷"威力无边,想救谁都不过是举手之劳。

在雨水丰沛的季节里,"天老爷的小舅子"趾高气扬,在柳枝与草丛中蹿来蹿去。没有谁敢轻易碰这身体里藏满了魔咒的小蛙,怕一动就惹出一场雨来,导致洪涝。

故乡的土地,一向贫瘠而多灾,多数年景干旱少雨。人们围绕着抗旱这一主题,想了很多办法,打井、修渠、挖积水池,等等,在一般的旱年里,还能解决一些问题,但如遇特大旱灾，基本所有的常规办法全部失效。

那年的大旱是百年一遇的，人们为了不眼睁睁地看着地里的庄稼在干旱中枯死，都在搜肠刮肚地想办法。常规的办法自然无用，那就采用"非常"手段吧！最后，竟连古老的巫术和祭天活动都被赫然搬上台面。就在大人们神神巫巫地忙碌时，我们几个认识"天老爷的小舅子"的孩子，开始了一个秘密行动。

我们开始到处搜寻"天老爷的小舅子"。我们暗暗地盘算，一旦将"天老爷的小舅子"抓到，就把它拴住，挂在村头的柳树上。到时，"天老爷"看到自己的小舅子遇了难，情急之下，必定会降雨来救。

可是，平日里随处可见的小蛙，这时却全无影踪。几个人分头找了大半天，也没寻到小蛙。第二天，天还没亮，我们又蹚着晨露继续搜寻。终于，在一处枯瘦的水草边捉到一只。我们大喜过望，把那小东西两条后腿拴牢挂在村头的树上，便躲在树荫下看天色。

想象中，不需要多大一会儿，天老爷就会大动干戈，行云施雨。可是，左等右等，一直等到了天黑，也没见万里无云的天空出现一丝云彩。傍晚时分，我们不得不将那奄奄一息的小蛙从树上取下来，带回家中，放在水缸里养起来。

第二天，我们继续以小蛙做"人质"去要挟"天老爷"，却不知已经犯下小恶。不到中午，那小蛙就在烈日的暴晒下死去。在事实上，这相当于我们不小心撕了"票"。雨，当然还是没有下。

回家的路上，我们每个人的心情都很沮丧。我们不知道这次行动失败的真正原因，是"天老爷"和他的小舅子关系不到位，还是"天老爷"根本就不像我们猜测的那样，会因为一点儿私情就坏了天上的规矩。

土　盐

突然就想起了家乡的土盐。

旧家仓房的角落里，曾经很随意地放着一只白布口袋。由于年深月久，白布的缝隙里积满了灰尘，看起来差不多已经完全变成了黑灰色。用手摸下去，里面是硬硬实实的一团，如结了块的水泥，完全搞不清到底是何物品。打开布袋的封口，才知道，那布袋里装着的就是土盐。

土盐，顾名思义，就是自土中而来的盐。不仅来自土，而且是来自家乡盐碱滩上的那些卑贱的土，所以土盐的味道品尝起来，总是怪怪的，咸中带苦，苦中有涩。这些年，依仗岁月所赐的沧桑，我尝过很多的味道，对一般的味道也都可以勉强命名，但唯有土盐的味道我无法描述。

那个年代，人们的日子过得贫寒，一切日用品都是以价格优先。土盐之所以能够长期被家乡的人们食用，正是因为便宜，或曰"贱"，时价三分钱一斤。老家人多心直、性烈、口无遮拦，常常一边无可奈何地吃着土盐，一边抱怨土盐质次、味劣。然而,爷爷从不和他们同样抱怨,因为那些盐就是爷爷熬制出来的。

爷爷以土法制盐的"盐锅"就坐落在东甸子的盐碱滩上,我特意去看过。一望无际的盐碱滩,寸草不生,举目尽是银白色的盐碱"花"。在艳阳的照耀下,地,已经不再像地,倒像是一汪泛动着波纹的水,在视觉里晃晃荡荡的,直晃得人强忍住想要流泪的感觉。走近才发现,视觉上的水并不是水,而是从地表升腾起来的阵阵热浪。

我远远地就看见几个老者,赤裸着上身在盐场里劳作,一个个红赤赤的,像蒸熟的螃蟹。而爷爷正蹲在一口升腾着热气的大锅前,往敞口的大灶里一把把添柴。胸前是烈烈燃烧的灶火,背后是一轮当空照耀的骄阳。右手紧握着一根烧火棍,烧火棍前端突出来的两个支叉上,正冒着浅蓝色的烟缕;左手拿着一条已经破成条缕的毛巾,不停地在脸上、身上擦拭汗水。就算这样,仍然会有接连不断的汗水,迅速从他的皮肤里涌出来。

我很担心,在这炼狱一般的环境里,老人们是否吃得消,可爷爷只是淡淡微笑,算是对我的回答和安慰:还好,过得去!

说是过得去,夏天还没有过完,爷爷就被从盐碱滩上抬回了家,一病不起。之后没过多久,人就走了。爷爷走时,我在外地读书,并没在他的身边。后来,父亲写信告诉我这个不幸的消息时,我一个人躲在宿舍里,悄悄地流了很多眼泪。

当泪水通过鼻翼，流入嘴里的时候，我突然想起，家乡土盐那难以描述的味道，可不就是眼泪和汗水混合在一处的味道嘛！

屠狗者

从二十岁起,李林就和师父一起屠狗,开狗肉馆子。他杀狗,手段非常,要把狗吊在高处,挑断狗腿上的血管,让血从腿上慢慢流出,涓涓或滴滴,一直流下去,直到无血可流……如此,狗肉会因为没有残留的血,无腥气,味甘美。

有知情人诟病他太残忍、非人道,他颇为不屑:"人、狗各有天命,托生为狗,只能被杀、被吃。我杀条狗,就相当于农民在地里拔出一个萝卜。拔都拔了,还计较怎么拔?"

师父在世时告诫过他:"一个杀狗的,一旦对狗动了恻隐之心,好日子就到了头!"他牢记着,但偶尔也会软弱,就像关紧的门窗偶尔也会漏一丝风进来。

一次选狗,在一群待杀的狗中,有一只精瘦的狗,见到他不但没有像其他的狗那样,惊恐不安,垂头夹尾,反而殷殷地望着他,眼里洋溢着温柔与渴望的光。一瞬间,他心头突然颤动了一下。为了那个似曾相识的眼神,他决定把狗留下来,养在身边。但留下来并不意味着永远不杀,只是要等它再长一些肉。

一晃多年，狗因为乖顺、懂事，在主人的念起念落间侥幸活了下来，变成了老狗，但李林并没有忘记师父的训诫。最后的日子来临了，李林还是硬着心，照例把老狗吊了起来，挑开狗腿上的血管。就在刀刺入狗腿的一瞬，狗发出一声痛苦的哀鸣，声音并不高，但只一声，李林就感觉刀子并没有扎在狗身上，而是自己的心上。他努力克制着自己，让自己什么都不去想。

他假装无所谓的样子，转身，正要走开，"哐当"一声，吊狗的绳子松了，狗从半空中掉了下来。李林回过身，老狗正拖着血淋淋的双腿，冲着他一蹭一蹭地爬过来，用两只前爪紧紧地抱住了他的双腿。李林下意识俯下身子，老狗用血肉模糊的后腿撑起整个身子，前爪搂住李林的脖子，用力地蹭啊蹭啊，用舌头努力地舔着李林的脸、脖子……李林感到热乎乎的东西从眼里不停地涌出来。他不知道自己的手在哪里，是抱住了老狗，还是悬在半空……这是最后的诀别……

突然，李林好像意识到了什么，拾起刀，用尽毕生之力，对准老狗的心脏刺下去。狗死了，它的两只前爪从主人的脖子上一寸寸滑下来……院子里传来李林的号啕大哭，听起来惊心动魄。

不知何时，那家生意红火的狗肉馆子和店主李林一同消隐于人们的视野之中。

多年后，当人们再见李林时，他已形容颓败，像一条又老又丑的狗，但很和善，全没了当初屠狗时的"杀气"。因为信了佛，他偶尔会去一个群里"破妄"，忏悔自己从前的业。旧事重提，他眼前总是浮现出一个令人心碎的眼神，恍惚间，如在今生，又似前世，泪水就止不住地往下流，涓涓或滴滴，一直流下去，直到无泪可流……

往事如刀

老作家神色黯然,坐在他那张有些古朴也有些陈旧的床上,面对着我,讲述往昔的坎坷与荣光。

其实,他不讲我也知道他的经历和成就。这个出生于一九二四年的老人,不仅著作等身,而且人品和文品均堪称一流。一生疏离官场和政治,专注于文学艺术,潜心创作了《包公赔情》《燕青卖线》等几十部戏剧作品,以其独特的艺术魅力轰动全国,并成为一个戏剧品种的创始人之一。

然而,时光如水,既能够验证一切,也能够掩埋一切。老作家辉煌的人生经历,到底还是和庸常的人间往事一样,在后来者的心中一点点暗淡下来,暗淡得如烟、如风。如烟,充其量会在某人心灵的窗口投下淡淡的云影;如风,偶尔轻轻一扫,也只是微微掀动了窗纱帘一角。

毕竟,现实中大多数人都活在自我之中,别人的事情再大、再重,算起来,也并没有多大的分量。有种事不关己的感觉,总是隔山隔水,隔着真心。很多事情,或许只有放在自己的心上，或让它们在记忆中复活，才能拥有实实在在的重量和锐度。

毋庸置疑，有一些灵魂深处的事情，必定如心田里的禾苗，依托情感的滋养获得重生，而一旦扎下根来，便是另一番难以控制的景象。对于所谓的事业和往昔的功名利禄，老作家早已看轻、看淡，间有提及，不过轻描淡写。但对于生命里的那份难以舍弃的眷恋，他却在心灵里为它留出了足够广的领地和空间，任它恣肆生长、广扎根系，并容许其时时刻刻将生长的疼痛传到自己的灵魂深处。老人拉着我的手，痛苦地感慨："往事如刀啊！"

老伴儿去世后，老作家凭借自己细腻、敏感的感受力和丰富的想象力，收集了与老伴儿几十年共同生活的一切信息，包括接纳、宽容、付出、牵挂、恩爱、缱绻等所有的细节和故事，并将它们整齐地摆放在心灵最神圣的位置，睹物思人，触景生情……但每一团光亮背后都有一个巨大的黑洞。于是，以往的一切记忆，件件成为伤人的利器，快刀一样一条一缕地凌迟着他的心。无法回避的疼痛，既让他确认了自己的生命和情感，也快速地"剐"去了他并不受用的余生。

握着老作家干枯、颤抖的手，我的心也随之颤抖。那一刻我暗暗发愿，一定要抽空多来陪陪这个孤独的老人，让他在倾诉中释放掉内心的痛楚，以免他在过世前再留下新的遗憾。结果，我到底还是在无序的忙碌中忘记了自己当初的发愿。

一年后，在与人闲谈中偶然得知老人已经离世的消息，我当时怔在那里，似有很多话想说，但久久发不出声来。悄然间，有疼痛从心跳的部位传导出来，先是丝丝袅袅，而后成束成簇……这次是我，在沉默中体验到了往事的锋利。

五 叔

　　五叔突然在我生活的城市里现身，让我倍感惊奇。三十多年的阔别，足以让一切往事失去清晰的轮廓，但五叔那张具有魔力的"娃娃脸"一下子唤醒了我童年的记忆。

　　如今的五叔，虽然衣着体面、气宇不凡，但三十多年前那悲惨的一幕仍如一道拂不去的阴影，不停地在我眼前闪现——一个衣衫褴褛的少年，被几个"红袖标"殴打得气若游丝，倒在深秋的树林里，紫黑色的血同时从口角和鼻孔出发，淌过那张"娃娃脸"在颈项处汇合……

　　当年，由于五叔是"地主分子"王怀山的晚年独子，且体格单薄、性情柔弱，便成为村中一群无良少年的欺凌对象。我之所以对他以五叔相称，完全是因为我爷爷和王怀山有一段隐秘的忘年旧交。他们非亲非故，却誓死以兄弟相称、相待。

　　五叔虽然辈分较高，年龄却只比我稍大一岁。起初爷爷吩咐我要善待五叔时，我满心的不情愿。我怕同五叔搅在一起，也会和他一样，受人欺负。但人的机缘从来不可选择，就像五叔本人也无法选择他自己的出身和境遇。

在接下来的数年间,我从五叔那里所学的本事、所长的见识和所获得的快乐,足可抵消对那些欺凌的恐惧。我不仅和五叔学习唐诗、宋词,还学会了河里捕鱼、草地抓兔、林中打鸟儿等技巧,也学会了悄悄品评和欣赏漂亮的女生……

五叔最后一次被那些人殴打,是因为他在一次运动会上压倒一切对手,成为短跑冠军,并博得了在场女生们艳羡的目光。此"役"之后,王怀山被逼无奈,决然带着儿子离开这个人事的泥淖,远走他乡。

岁月轮转,五叔虽然已经凭借自己的聪明才智成功地摆脱了曾经的屈辱和窘境,却成了情感无依的"孤儿",父母过世、与妻子离异之后,世间再无至亲。他千方百计地寻到我,当在情理之中,但接下来的某日他心血来潮地非让我陪他去那不堪回首的故乡看看,我却实难理解。

有什么好看的呢?是想重温那些业已远去的耻辱、伤痛、快乐或梦想吗?去老家的路上,眼前的风景和五叔的话题不断变换,我却无心讨论。我像一个在自家门前丢了钥匙的人,头脑中翻江倒海,思索的不过是一个简单的难题。

如今的村庄和村庄里的一切,早已沧海桑田,与我们两难相认。在村民奇怪的目光中,转了两个时辰之后,我和五叔不约而同地陷入沉默。可就在我们走出村口,准备上车离去时,五叔突然扑向路边,以极灵敏的动作捉住了一只翠绿的蚂蚱。瞬间,一个少年的身影在我的眼前复活,那张"娃娃脸"上复露出岁月未曾磨灭的天真笑容。

  那是一片我们昔日常去玩耍的青草地呀！展眼望去，草色青青、空空，如我们遗失多年的青春岁月。

王文学

回到故地的第二天,我冒雪去看望王文学。

年近八十岁的王文学,如果归类,应该属于"孤"。因为出身不好,他终生没娶到老婆,晚年只能寄居侄子门下。说寄居也不算准确,实际是钱财归侄子,吃饭可以去侄子家里,也可以不去,他自己拥有独立的居所。

王文学实际拥有两座房子。除了自己盖的房,还有国家拨款四万元给"五保户"盖的扶贫房。虽然与四万元投入相比,房子规模和格局很不匹配,但外观上比他自己的房子要好看些。我先去了那座漂亮的房子,他并不住在那里。原因是这座房子被招标队伍建得四面透风,无法居住。风从房顶和山墙连接处那些很宽的缝隙吹来,很快就吹进了人心。

王文学向来以勤劳、节俭著名。几十年来,村里人很少能想起王文学不劳动的样子,因为他一直在劳动,就是平时走在村路上,也要随手拾起路边的柴火。至于节俭,那就更加著名了,他平时基本不买什么东西,一切都从"捡剩"而来,包括穿戴、饮食，甚至有人曾看到过他和一头猪争抢一块沾满泥污的馒头。

总之，王文学是一个可以把自己的生存成本压缩到几近于零的奇人。这样的人谁能相信他手里会没有钱呢？事实上，在那个贫困的村子里，他一直都是一个"有钱"人。所谓有钱，也不过十几、几十元的样子，但在他眼里，就已经多得无处藏匿。无处藏匿也要藏，否则只怕又被那些侄子、侄女们弄去花光。于是，他的钱就总会"待在"一些奇怪的地方。有时在树洞里，有时在厕所的某块墙砖下边……钱藏好后，王文学仍不放心，总要时不时地去看看那些钱还在不在。人们抓住这个规律，在后边远远地跟踪他，便可顺利侦破他的秘密。

王文学在睡觉时，有一个毛病——不断说梦话。如果谁还待在他身边，就可以轻而易举地获得更多秘密。在梦中，他会断续说出自己最关心的事情，比如钱藏到了哪里。有时，他还能在梦里和醒着的人对话，有问必答，绝不隐瞒。过后，按照他在梦里说的地点一找，百分之百应验。

越来越深的生存恐惧，越来越直接、频繁地出卖他。

穿过灶间杂乱堆放的柴草，我和他并坐在里间的炕沿上，炕上杂乱堆放着有些发黑的被褥。那天，我很想对王文学说点什么，但他聋得几乎听不见声音，我每高喊一次他都惊恐地冲我微笑一下，我也惊恐，只好陪他静静地坐下去。屋子里的温度很低，低得让我无法坚持，低得让我感觉到整个冬天的寒冷。

离开王文学之后，我的心情开始一点点变坏。我有一些愤怒，却无法确定愤怒的对象，便只好悲哀。整整一个晚上，我的眼前一直萦绕着王文学那佝偻的身影、满脸的皱纹和怯生生的目光。

西街的老布店

关于西街的那家老布店,我一直不知该如何描述它的形态。有时,它就像一个拒绝潮水冲卷的鹦鹉螺,安静地躲在岁月之海的岸边,以一把金色的海沙掩住久远的心事和美丽的花纹。我们很难确切地知道,它到底是在回忆,是在倾听,还是在等待……

店铺不大,总共 20 平方米的样子,却层层叠叠地装满了往昔岁月。靠西墙最里端的那些布匹都是五十年前最流行的各色纯棉印花细布,艳丽的色彩和丰富的图案,酷似那个年代燃烧在人们内心的向往;往外一些,是四十年前人们钟爱的彩色绸缎和大花棉布,夸张的花朵和色调洋溢着久违的奔放、浪漫的气息……

从早到晚,布店的主人就如他安静的店铺一样,不声不响、不离不弃地守着一匹匹折叠整齐的过往,守着这片独立于岁月之外的小小光阴,等待着那些命里注定的客人,突然或如约而至。

来老布店的人，多数人过中年，一把沧桑，满面风尘，但眉宇间却残存着隐约的梦想，双脚一迈过门槛，眼里立即就放射出孩童般烂漫的光彩。当然，也经常有一些无"旧"可怀的年轻人光顾，他们是把复古当作时尚来追逐的一群人。曾有科学家推断，时间的形态是一个闭合的圆环，看来与时间有关的时代和时尚也是环形的，总有一天，会从当下流行到从前去。

于是，布店的老板就不忍心再把顾客当作一般的买卖对象，手中一把被岁月磨得精光锃亮的竹尺，紧贴着光滑细腻的布面，跳来折去，自然而然也就留足了人情的尺度。他在用尺子专注地量着布，旁边的人也在悄悄地量着他的心。

我和来布店的很多人一样，并不是非要买点儿什么，有时只是看看，借助这小小的时间之窗，打望一下时间深处的往事——那一年，那一天，谁就是穿着这样一条花裙子，飘然行走在街上，牵引了多少孟浪少年追逐的目光；那一年，那一天，谁新婚，就是穿了一身这种毛料的制服，典雅高贵得如同王子，一下引发了为期数年的时尚；那一年，那一天，谁铺床的新婚喜被用的就是这种绸缎……

一场精神漫游，如一驾跑野了、跑疯了的马车，一往无前，还未及有一丝疲倦或兴味索然的感觉，天色就悄悄地暗了下来。此时，布店里的顾客尽散，喧闹的西街却再一次进入了喧闹的高潮。

坐在布店里静观西街，街上诸般声色、光电、气味、行人，以及流过西街的几千年时光，都已恍兮惚兮成一种液态，一排跳荡的光斑或一脉不息的流水，恣肆汪洋，浩浩汤汤。而西街之外，则是更加宽阔明亮的江滨北路，沿此路一直向前，便可到达东海岸边。

夜色掩映的海上，时有明亮的弧光一闪，然后隐去，就此，我仿佛看到了岁月运转的神秘轨迹。

喜　鹊

　　十三姨年轻时相貌平平，但心灵手巧，做得一手好女红，女红中最拿手的是刺绣，刺绣中最令人惊叹的是"喜鹊登梅"。她绣的喜鹊登梅图，生动、活泼、吉祥、呼之欲出，每一件都是独一无二的原创，几十年没有重过样，仿佛她生来心里就存了千万幅现成的图画。

　　一辈子没有喜欢过十三姨的姨父，却在心里暗暗喜欢了一辈子十三姨精湛的手艺。十三姨的女红似有魔法，凡她随手绣成的帕子、枕套或各种帘子，只要丈夫悄悄拿出去送人，就能博得某一个女子的欢心。

　　十三姨知道丈夫的心思没放在自己的身上，但为了可爱的儿子，只能佯装不知不觉，权当生命里没有这样一个人存在。这就暗暗地舍了姨父，也暗暗地把全部的爱与心念集中在儿子的身上，指望着有朝一日儿子成人、懂事，能够顾念和领会自己一生的苦楚，能够同样以没有保留的爱相回报，让她几近破碎的心得以抚慰、得以安妥。

儿子很乖，从小到大与母亲心心念念、形影不离。儿子少小时的依偎和相伴，让十三姨感觉到了母爱的伟大，也给了她生活的信念和能量；长大后，儿子也如一个大丈夫一样，返身对母亲处处呵护。这让十三姨心满意足，感到此生亦无太大遗憾。

男大当婚，当儿子要娶别家的女子入门时，十三姨沉淀数年、一度清澈见底的情感又被搅起了岁月的沉渣。把亲爱的儿子交与另一个女人的手中，内心虽有不舍，但毕竟是天经地义之事。最让她内心翻江倒海的还是另一件事——她不希望世间又有一个女人像自己一样不幸，她不愿意看到儿子像他父亲一样用情不专。

她把心愿一幅幅绣在儿子新婚所用的各种帕子、单子、帘子、罩子上，盘点下来，却尽是喜鹊登梅图。喜鹊梅花的组合好啊，象征着男女恩爱、喜上眉梢呵！喜鹊是连牛郎织女的七夕相会都能成全的精灵，当然可以保佑儿子和媳妇俩影偕谐、形影不离。然而，十三姨却忽略了民间的另一句谚语："花喜鹊，尾巴长，娶了媳妇忘了娘。"

新妇过门，儿子果然专心，每天沉浸在温柔乡里，对母亲却各种各样的嫌，嫌打扰，嫌唠叨，嫌做事、说话没有分寸……偶尔母亲和新妇间发生不悦，儿子更是放下脸面，大大方方地偏袒自己的媳妇。十三姨理解，初尝风月之人，尽如护食之虎。也许，日久之后就好了。可是，日久不但没好，反而成习。

"为什么呀?"十三姨百思不得其解。气恼、绝望之余,只能问天、问地。后来,她终于在一本经书里找到了答案。原来,父子俩的本质是一样的,所犯的都是同一种见欲忘义的"淫邪"之罪。既然如此,十三姨也只能用余生一并为父子二人忏悔、祈祷。

小城又黄昏

明明知道小城里的一切都已经不是我所熟悉的了,包括它的建筑、道路和人,但就是感觉亲切,好像小城的一砖一石仍然隐藏着往昔的记忆和情谊,随时等待着我去认领、感受和重温。

就这样,每有机会,我都要到小城里住两天。有时叫几个朋友过来,喝几杯酒,聊聊天;有时却谁也不想叫,一个人待着,拿一本书在手里,眼睛停在某一页某一行的某一位置上不动,让思绪如方向不定的微风,拂过那些遥远的往事以及比往事更加遥远的岁月。这有点儿像是在赴一个看不到对象的约会。

那一次,我房间的窗正好对着一个宽阔的广场。平时广场上人迹寥寥,偶尔会有三三两两的人横穿广场。远远地看过去,总是如一幕哑剧里的一个细节,无声而又不至于寂寞。有时,也会有那么几个放风筝的人把灰黑色的纸鸢或彩色的蜈蚣风筝牵在手里,让它们在干净、水蓝的天空里转过来又转过去。

　　这种感觉很好，虽然紧闭的房门和墙体切断了这个房间与外部可听或可视的信息的联系，但只要站到窗前一望，生活里的一切似乎又与自己发生了某种关联，这让我深信我仍然置身于我所熟悉的过去或现在的生活之中。

　　傍晚时分，隔着密封窗的玻璃，一阵阵具有煽动性的"鼓点儿"隐约传来。有一群人，在我毫无察觉的时候悄悄聚到广场的空地上，原来，也不过是一场司空见惯的广场舞。但那天看起来却有一些怪异，怪就怪在那个领舞者给人的感觉。

　　从我的窗口望过去，刚刚能够看得出那是一个女人，其他细节都无法辨别。一身黑色的连衣裙，露出两截细瘦洁白的腿，如一只狐狸直立行走时的细脚，在黑裙与灰黑的水泥地面之间。那时，两列纵队刚好顺着我视线的方向笔直地排开，如庄严的仪仗队，中间那个纵深的过道则把领舞者推到了一个独立的位置上。

　　两把彩扇在她手上很有节奏地舞动，如两只张开的翅膀；她的腰肢摇摆，在我的视野里波动，如一条挂在云彩下面的黑绢；那两只细瘦的腿却一直与地面保持着某种若即若离的距离……

　　我的目光被她深深吸引，我的意识仿佛也被劫持，不知不觉地随她在广场上飞旋。

　　似乎过了很久，又似乎只是那么一瞬，我突然不知道我自己身在哪里。生活，此时对我来说，已经变得十分陌生。我

小城又黄昏 ‖ 253

突然感觉到，一直以来，自己似乎总是这样远远地站在生活之外，很孤独地观望着生活，宛若隔着一层似有似无的玻璃。

似乎过了很久，也仿佛只是瞬间，那个秧歌队竟然从我的眼前消失得无影无踪。广场上的热闹为另外一些不知道在干什么的人所延续，而我却只能一动不动地站在窗前，进行着那种没有目标的凝望，直到天一点点地暗下来。

晓　敏

妹妹晓敏经过整整八年的挣扎，终于挣脱了病魔的捆绑，从高位截瘫的定论里，顽强地站立起来，并可以自由行走。

其实，八年前的那场颈椎矫正手术并不复杂，医生说，稍稍调整一下，很快就好。尽管如此，手术前医院还是把所能想到的一切风险和不测都想到了，包括造成瘫痪、意外死亡，都写到合同上，要求家属签字认同。

不幸的是，这个"万一"竟然就发生在了晓敏身上。一个欢蹦乱跳的人，躺到手术台之后，就再也没有站起来。手术造成了颈部脊髓严重受损，除了下巴以上的神经还听自己的指挥，肌体的其他部分似乎都不再归属自己。

对于这样的结果，晓敏不甘，也不信。就像医生们并不相信晓敏会再次站立起来一样，晓敏也不相信自己会站不起来。面对晓敏的种种不甘和挣扎，医生们心生恻隐，不忍再继续掩盖真相，于是如实相告，一切努力也许都是徒劳。

晓敏倔强，反问医生："你们又不是我，怎么知道一切都是徒劳？"

其间也有人提醒晓敏要对这起医疗事故提起诉讼，可是晓敏却坚决反对。她反对，不是认为医院就应当把手术做成这个样子，而是觉得自己不应该是这个样子。她不想花太多的精力纠缠于谁应该负什么责任，她要依靠自己，集中全部意志和心念，让身体重新"动"起来。

于是，她从脚趾开始，每天两眼凝注双脚，大声命令它们"动！动！动起来！"每天，在医院的走廊里和空中都回响着她带血带泪的呼喊。她是在拼却生命里的全部能量呼唤一个奇迹的发生。

两个月后，她的手和脚有了知觉，并尝试着坐起来；半年后，她可以借助外力勉强站立；一年后可以像婴儿一样迈出新生的第一步；两年后可以缓慢行走；三年后可以依靠随行人员外出，但只会前行，不会后退……一直到眼前的第八年，每一天，每一分，每一秒，她都在神经缓慢生长的剧痛中，体会着重生的喜悦。

对晓敏的遭遇，其供职机构深表同情，想以公务致残的理由为她申请残疾人证，以便享受更多的社会福利。但晓敏坚拒："不，我不想做残疾人，更不想享受残疾人的待遇，这是尊严！"

最近去看晓敏，她执意要亲手为我们做两道菜。

看着她仍有一点笨拙的动作，我心里交织着难过和欣慰两种情感，遂想起她曾对主治医生说过的那番话。

那时，手术刚刚做完不久，年轻的主刀医生打来电话，请求晓敏的谅解。晓敏说："我知道每一个医生都想把自己的病人治好，特别是年轻医生。这样的结果，是我的命，我坦然接受。"听了晓敏的话，医生开始哽咽，他说："只为了您这句话，我发誓此生要不断努力，做一个出色的医生！"

向晚的阳光从窗外斜射过来，照在晓敏的身上，勾画出她明亮的轮廓。逆光中，我看不清晓敏的面容和表情，但意外发现，一个人的剪影，竟然会那么美好、神圣！

心　愿

距贵阳15公里，有山名黔灵，山中有寺，名弘福。

相传，三百多年前，一个风和日丽的春天，有高僧名为赤松，云游此地，一眼望见这氤氲于山水之间的安天慰地的灵气，沉吟良久，便动手栽起树来。人家栽树都是把树根埋在泥土之中，赤松栽树却把树冠埋入泥土，让树根赤裸于空中。栽罢树，这高僧便拈花含笑而去。一年后再过此地，赤松见那棵树不但不死，还比一年前青葱、粗壮了许多，便决定停留下来，在那栽树的地方建一座庙宇。

一晃三个多世纪过去了，此寺果然以其传世的灵光，帮助了一代又一代的善男信女解脱许多现实的烦忧和内心的苦楚，也许也实现了许多美好的愿望。所以一直以来，弘福寺都香火繁盛。

转眼间，我去弘福寺已十年有余。因为当时并没有什么特别的用心和目标，所以一应过程和事物也并没什么可供回忆的。至今念念不忘的，不过是寺院周边那些看似并不重要的树而已。

如按其品种和形貌说，那里的树也没什么特别。奇的是从山门到大殿，所有的树上，只要是伸手可及甚至难及的高处，都系满了红色的小布条，用行话说叫作许愿带。顾名思义，就是一个红布条代表一份向佛祖交托的心愿，怕佛祖忘记或记混，把它系在寺边的树上，以备佛祖有空时一一查阅并想法帮助实现。

远远望去，满眼都是让人无法平静的红色，整条山径的树上无一不开满了心愿的"花朵"，如火、如荼、如血。

很难想象，芸芸众生之中竟有这么多没有实现的心愿！那天，正赶上弘福寺的众僧颂晚经。车还没有靠近寺院，就早有清越、宁和的梵呗超越了高墙、树木而来，像肃穆的落日余晖一样，一层层洒向前往的车辆与行人。目光所及的一切，似乎都在这透彻万物的沐浴里，变得澄明而宁静，虽无声无形，却一切悲、喜都在其中，一切声、色都在其中。

说好此行我只当一个无言、无为的看客，权当我是一缕无形的风。可同伴却买来红布条，强劝我拴一条在树上。本来，我是决意不接受这强人所难的规劝的，但又不能当场把话说得太难听，最后只能在几人的"围攻"下屈服下来。

可是，事到临头，我真的不知道要许什么心愿。如果世事本无命定一说，许个愿就能遂愿吗？如果万事早已注定，命里的定数怎可以随心所变？想来想去，却不知道自己要求什么。最后突然想到了那些树，虽然它们和我一样，并没有成仙成佛或谋利的心,但总可以承载一些红布条,让人们的心灵得安慰,也算是存在有了意义。那就让我在心念上成为一棵能拴红布条的树吧!

从此,身外的风声、雨声都能让我有所感应、心为所动,哪怕是来自遥远的千里之外。

空间或时间之外的猎获

在鲁迅文学院学习的时候，我住的216号房间窗口向北。窗外是一排三层楼高的树，树的外围是鲁院的围墙，围墙外是一家小型塑钢窗厂，也是一个独立的院落，院内堆放着很多杂物。一排低矮的红砖房上铺着灰色的石棉瓦，没什么坡度，几近于平顶，一般情况下只有几个人时进时出。

散淡的阳光从侧面一幢大楼的空隙斜射过来，照得部分灰色的石棉瓦一片明亮。北京的三月仍然清冷，树们寂寞地站在灰色的天空之下，吐不出一片有音质的叶子。一些被风撕扯得如条如缕的塑料布，就趁机爬上枝头无聊地荡来荡去。

一大群麻雀，有如冬天里突如其来的灵感，迅疾地掠过红砖房的石棉瓦，散落于稀疏的树枝之间，一会儿跳上一会儿跳下，像一些笨拙的手指敲在琴键上，发出单调、凌乱的音阶；一会儿又飘飘忽忽地落到地上或石棉瓦上，反复模仿着叶子的绽放与飘零。在如剪影般细瘦的枝条后边，一群鸽子从侧面大楼的六楼阳台上起飞，如一群白亮的鱼迅速划过秋水似的天空……

　　这场景,几乎是我平静而散乱的心绪的一种隐喻。每天,我都有很多的时间,坐或者站在窗前,把眼前的一切一再巡视,看久了,便不太能分得清,它们到底存在于眼中还是存在于头脑之中。

　　有一天,石棉瓦上多了一团毛茸茸的东西,灰白间杂,很像一团杂乱的毛线,但风过时,柔软的绒毛却如浪波动,泛起生命的质感。原来那是一只蜷缩成一团的猫。它为什么要到这上边来呢？大概是这里离阳光更近一点,离天空更近一点吧。在这个清冷的冬天,它尽自己最大所能,接收最多的温暖。那只在梦里的猫一定看得到春天的草、草地上的花以及花朵上飞舞的蝴蝶。

　　突然,那只猫以迅雷不及掩耳之势一下从石棉瓦上跃起,两道黄宝石一样锐利的光芒从空中迅即扫过,划出无痛的伤。于是半空飘起了纷乱的羽毛,一只鸟随即进入了它的口中。这优美的猎杀,突然得近于悲剧,完美得近于艺术。在高潮渐渐平抑的过程中,我再一次看见鲜艳而温暖的血,慢慢从某处泗开,凝住阳光前行的足,将快意引向罪恶与血腥的宿命,引向香而甜蜜的黑暗。

　　思想在瞬间凝固,成为一盘期待厮杀的棋局。我静静地坐在宿舍里聆听,期待时光突然返身,叩响我的门。

心之律

一年一度的年夜饭,家人齐聚,菜肴满桌,我却举箸踟蹰,满怀忧伤地想起了从前。

从前,我能判断出哪道菜是自己喜欢的,有谁或什么还牵动着我内心的思念……从前啊,一切都是那么节奏清晰、温文尔雅、意味深长!

从农历腊月三十这一天的第一缕曙光出现,真正的年就已经开始了。家里的男主人要趁天色晴好抓紧时间打点祭品,在正午来临之前赶到郊外祖坟上去扫墓;女主人简单收拾完早餐后,开始煮肉、切酸菜、蒸馒头……准备一年中最丰盛的一顿饭——年夜饭;老人和孩子们则忙于里出外进地贴对联、挂灯笼,营造喜庆、祥和的气氛。

为等待一位不请自来的重要客人,孩子们用了整整一年的时间。如今他就要登门了,孩子们显得有一些躁动。他们把一整挂的鞭炮拆散,揣在口袋里,游走在村街上,一会儿燃放一个,以此消遣等待的时光。村庄的上空不断地回荡起一声声脆响。这声音一直零零星星地持续到午夜,东一声,西一声,像断续的对话,又像有意或无意的招呼,提醒躲在房屋里守岁的人们,村庄和村庄里的其他人一直都醒着。

终于,新一年的钟声响起,那神秘的客人来过又转身离去。短暂的错愕之后,人们纷纷燃起篝火,在一个时辰内把所有的鞭炮全部燃放完毕。天空和大地之间,顿时一片沸腾,烛火通明,响声大作,如惊天动地的欢呼,又如震动肺腑的道别。随着那个虚幻的背影在夜色中远去,他似有似无的脚步声渐息,村庄也重归寂静。人们返身回到自己的房屋和内心,在有限的食物中找到可口的美味,在不多的言语中找到饶有兴趣的话题。

从前的人们虽然生活不够丰盈,却活得清醒、节制、有诗意;手中的钱虽不多,却能买来简单生活中必要的满足、快乐、庄严和盼望。现在,人们钱多了起来,却如骑上了一匹健硕但不听驭使的瞎马,光天化日之下就迷失了方向,虽在前行,却总显得粗莽、暴烈,没有节制,有时甚至跌跌撞撞。

新年的央视"春晚"持续将近四个小时,坐在沙发上侧耳,却只能听清不超过四十句的完整的话。其间,窗外接连不断地响起鞭炮声,其声巨大、震耳欲聋,如当街吹牛的醉汉,没完没了地咆哮、宣泄,直至凌晨两点。心被搅扰,失去了原有的"节"和"律",自然烦乱不宁。怪谁呢?怪就怪那些人手中花也花不尽的钱吧!

从前,人们心念纯净、欲求简单,就像一条目标单一的狗，只盯住一只兔子撵。现在，欲求复杂起来，就如狗跑到中途，一只兔子变成很多只兔子，又朝不同方向奔跑。狗当然不知道该撵哪一个，犹豫间，兔子已无影无踪，只落得个心目空空、恍若虚幻。

玄鸟之哀

很久以前的旧家，老少三代八口人，四窝共八至二十多只燕子……诸多生灵往来如梭，飞舞穿插、纷纷扰扰于两间土平房。适逢盛夏时节，暑气弥漫，梁间雏燕新生待哺，只要一个玄色的影子从天空倏然而降，屋内外立时群声大作，掀起的已是整个世界的喧哗。

烦躁时，我只好放下课本，乱翻闲书。忽有"玄鸟"一词映入眼帘，顿觉是一个神秘又神圣的意象，但思来想去，总猜不出那是一种什么鸟儿。情急下去问父亲，父亲随手向檐下一指，算作回答。原来就是我们司空见惯的燕子！

"天命玄鸟，降而生商……"没想到平时叽叽喳喳的小鸟竟担负过如此神圣的使命！难怪它们要理直气壮地与人类常相伴相随、同宇而居。它们是有所依凭的！

之后，再听燕子呢喃，便加了心思，将其当作一种有内涵的语言。虽然依旧不懂，但并不觉此语荒唐。人与神之间不也同样语言不通吗？或许，站在高处的它们，先天就握有命运的玄机和评判的权柄。关于人性、人心，关于鸟类和人类的命运等至关重要的大事，它们未必就没有自己的认知和见解。

有时，看燕子在窗间飞进飞出，很像是我对房屋的情感、想法或念头，遂忍不住突发奇想：这些轻盈得近于无重的精灵，会不会是从我的生命、身体或头脑中飞出去的，又在天空里四处漂泊、盘旋？

那年春天，我家因为居所逼仄，要拆旧建新，得把旧房的檩木移用到新房上。父亲便让我们先把房檐下的燕子窝"处理"掉。父亲的意思很明白——趁燕子还没来得及产卵或孵化，赶紧把旧窝拆掉，赶它们另建新家，否则将来的结果将更加悲惨。

随着巢泥落地的一声闷响，那些絮窝的羽毛和尘土满地飞扬……辛苦经营了几春几秋的家，转瞬之间便告消失。于燕子，这显然是一场不小的灾难，比之人类，其量级大约并不亚于一场大地震或一场大洪水吧！

没多久，院子里就出现了几十只燕子。它们围绕房子盘旋不停，并在迅疾的飞掠中叽叽喳喳地叫个不停，声音中似有悲愤也含哀怨。直到正午时分，它们才渐渐散去。其中有一对燕子最后还是留了下来，在原来的基础上重新衔泥筑巢。我本想继续驱赶，让它们避开未来那场更大的灾祸，可是未举长竿，手已发抖。这时，爷爷走过来，示意我停下。

"命呵！"爷爷长长叹了一口气。

两个月后，我们的旧房子到底还是到了拆期。十几个村民一齐出手，不到半天的时间，一座房子便夷为平地。算算时间，已经过了燕子的产卵期，但我一直也没敢详细询问那窝燕子的情况。只是从此常常心怀惊惧，不断玄想和追问——我们自己的房子是不是也建在了谁的屋檐之下？

蕈油面

那年,桂花飘香的时节,我去常熟。大清早,我怀着好奇和试探的心情去吃了一碗"蕈油面"。

面端上来,细看,竟然是"清汤寡水"的一碗。一绺儿细细的龙须挂面,几朵黑色的木耳,一碗空汤上浮些许油花……典型的"江南 style"。内心犹疑片刻之后,终究还是从众、随缘了。

没想到,那碗面却在平淡中潜藏着一段令人赞叹的异香,口味不同凡响。惊叹之余,却一时参不透其中的玄机。想必,就是那常人都不熟识的"蕈",在碗底或锅底发挥了功效吧!

蕈,这种生长在南方树林里的野生小菌,通常被称为"菇"或"蘑"。在我的认知体系里,这是一个生僻字,需要借助字典才能查到其正确发音。据说,蕈有两类,一类有异香,一类有剧毒。这就如我们通常所熟悉的爱情一样,骨子里的极致决定了它的本"性",非神即魔。

江南的饮食一向清淡。但清淡的好处并不在于清淡本身,而在于长期清淡饮食所成就的敏锐味觉。这是一种能力，可以在无味中捕捉到来自食物的真味和美味，也可以领会或感受到潜藏于平淡之中的某些韵致和心思。这是味之道，也是人之道。一个人的口味，一旦由物质领域转移到精神领域，由不自觉的习惯进入自觉的境界，一切都可能会发生变化。

多年前，作家潘向黎在小说《清水白菜》中写过一道汤清味浓的菜，很神！现在看，那道菜和我所吃的这碗面，竟有异曲同工之妙。

有一些美食就是这样，由于用心太深、意味太重，反而看起来平淡无奇，却又轻而易举地跨越了食物的疆域。这样的事物，总会让人由此及彼、由近及远、由浅入深地想到很多事情，不仅是吃过的饭、读过的书，还有经历过的人。

像《红楼梦》里黛玉那样的女子，谁会真正地爱上呢？敏感多疑、刁钻古怪，且不管心里有多少热量和情感都要刻意地深藏于心。脸，一贯的那么冷峻；嘴，又一贯的那么尖刻，分明是不露温情、拒绝香艳的一碗"清汤"。然而，一旦有人拥有了去伪存真的能力和智慧，识得了其中之"味"，又怎么能做到不倾心倾情呢？！

有了懂得和欣赏，接下来的事情自不必多说，定然会有一帧令人目迷心醉的风景，定然会有一段百转千回的传奇。

由此，我想到那些出家人，一生淡味素食，坚拒一切贪欲，对情的态度更是淡之又淡，提倡平静、平和，提倡"放下"。但"淡"和"浓"、"无"和"有"从来相生、互应，谁敢说天地、宇宙之间的高人、智者和大灵，真的无"情"？我想，他们并非无情，而是静水深流，情深而不妄动。一动，则会超越庸常的界限，跃升至悲悯。

演好一棵树

　　突觉心情浮躁，便联系几个老友，喝茶叙旧，以期向往昔的岁月讨一把沙，淹灭心头冒着烟气的虚火。

　　于是，有人讲起了多年前的一件往事。

　　那年夏天，在东北师范大学中文系的大剧场里，上演了一场由学生们自编自演的话剧。

　　那个年代，师大中文系真可谓人才济济，能够担角儿的人很多，绝不是随便什么人都有机会粉墨登场的。因为角色很少，有一个很出色的男生，最后只得到了一个扮演布景的差使。他在那场戏中，扮演一棵树。

　　树是"死"的，没有台词，没有动作，也不能有什么表情，连两只眼睛都得一动不动地凝视前方。演树的男生只好两手擎着两根树枝，斜叉双腿，保持着一个固定的姿势，一动也不能动。人本来就是动物，一刻也不能停止活动的"物"，怎么能够一动不动呢？平心而论，让一个"活"人演一棵树，真是世界上最辛苦也最不讨好的角色，但有时，戏剧或生活里确实需要一些这样的角色。

一开始,谁也没有留意那棵"树"。当剧情推进到一大半的时候,大家才注意到台上的"树"有那么一点颤抖或晃动,也才意识到"树"已经在那里无声无息地坚持了很久。远远的,人们看到汗水闪着光亮从"树"的额头流下来,流经眼睛,流下脸颊,又与身体渗出的汗水汇合,将贴在前胸、后背上的衣服浸透。这时,台下的同学们开始替那棵"树"担心起来,人人攥紧了拳头在心里暗暗为那棵树加油,希望他不会倒下,希望他能够坚持到最后。随着时间的推移,台下同学的情绪越来越紧张,最后几乎所有人都把焦急的目光集中到了"树"上,反而感觉其他演员的台词有一些聒噪,吵得让人心焦。

终于到了谢幕的时刻,全场爆发出如潮的掌声,但不是因为剧的成功,而是为了"树"的坚持。谁也没想到,一棵"树"竟然成了那天最精彩、最感人的"主角"。

再后来,大学毕业,众学子四散而去、各奔前程,谁都不再记得往事。那个男生和众人一样,无声无息地消融于生活之海。据说,他进入社会后先后变换过很多岗位,扮演过很多不同的角色。但不论在哪个职位上,他都像当年演的那棵树一样,默默坚持,把自己的角色演好。尽管以后的坚持都不再有掌声和喝彩,但留意的人都看到了他那一段段人生的精彩……

夜阑,茶冷。朋友们各自散去,我心亦复如静水。想起那个扮演一棵树的人和那棵由人扮演的树,不由自主地捋了一把黑白间杂的乱发,顿觉有一阵哗啦啦的声音响起。那该是一树叶子由青葱转为微黄或浅红时才能够发出的。

鼹　鼠

平原四月，春风乍起，刚刚发芽的青草还没来得及伸展腰身，"阴穿地中而行"的鼹鼠便已经在田野上拱起一堆堆新土。

我迎着风，在阳光下行走，心里却想着泥土下发生的事情——一只浑身长满了灰黑色绒毛，无颈，无耳，无尾，脚绝短，眼小如芝麻的奇怪动物，正在地表下半尺深的泥土中挥舞着一双巨大的前爪奋力向前掘进，一边在黑暗里前行，一边将一路所遇到的植物根茎和蚯蚓、蛞蝓等一些可食用的小动物塞进口中，咔嚓咔嚓地咀嚼。我甚至能够感觉到因为它在地下狂作而引发的微微震动。

如果在小麦已经扎下根系的北方六月，麦地中鼹鼠洞穴所过之处，就会出现长长的一线枯黄。也许正是这个缘故，我一向不太喜欢这种浑圆、丑陋的小动物。我并不是不尊重动物的生存权，而是更心疼那些"汗珠子落地摔八瓣儿"的苦命农民。也是因此之故，我一直怀疑那个写《鼹鼠的故事》的捷克斯洛伐克作家，是不是价值或兴趣取向有问题。自然界里那么多伶俐可爱的小动物他不写,却偏偏选这么一个蠢物,并赋予它上天下海、周游世界的异能,在阳光下演绎出种种美好、智性的故事。

为了找到鼹鼠可恶的证据,我曾查阅不少典籍、资料。一说:此即鼢鼠也,又名隐鼠,田垄间多有之,见日光月光则死。一说:鼹鼠种类繁多,产于东北的鼹鼠,归类为麝鼹,又叫"地爬子",毁人秧苗,常为田害。鼹鼠成年后,眼睛深陷于皮肤之下,视力完全退化,再加上常年不见天日,惧怕阳光照射,一旦长时间接触阳光,中枢神经就会混乱,各器官失调,以致死亡。

为了惩罚鼹鼠迷恋黑暗和毁人秧苗之罪,小时候我们常把鼹鼠从洞里挖出,用铝丝拴住,在光天化日之下,观察它到底是如何被阳光击杀而死的。结果,我们不但没有看见过一只鼹鼠在光明中死去,反而在每个夜晚来临之后,都因为处理不当而让它们莫名其妙地溜之大吉。

在我懵懂的童年,得而复失的鼹鼠始终是一个谜。我们总是从第二天清晨开始,寻找鼹鼠遁去的踪迹,却总是不得而知。最终,落入视野的只有田野上那一堆堆新土。

那日,坐飞机行在云层之上,突发灵感,看舷窗外一朵朵凸起的云,不由得想起儿时见惯了的"鼹鼠包"。串串云朵之下,不正是每日像鼹鼠一样窜来窜去的人类吗!不同的是,我们并没有在空间里打出有形的洞,我们只是在岁月里,挥舞双臂或迈开两腿,拼命地向前掘进,而身后,时间和记忆的碎屑纷飞,如泥土越积越多、越积越厚,最终成为一道再也挖不透的墙。

可是,我们也会像鼹鼠那样迷恋黑暗、毁人秧苗、惹人憎恶吗?

妖　精

我们这个时代，有名有姓的妖精已经很罕见了。

我读《聊斋志异》的时候……对不起，我一读《聊斋》就有点儿时序错乱，确切地说，应该是蒲松龄生活的那个时代，有很多心思细密、美丽而又懂情义的妖精，颜氏、乔女、葛巾、婴宁、娇娜、胡四姐……还有两个一直传说的妖精里的明星，白蛇和小青。

那时，我住在乡间，且年少、懵懂、不谙世事。虽然从来没有亲眼见过任何一个花妖或狐狸精，我却深信那些生动的精灵就在我的身边。只因为村子里的人彼此熟悉、知根知底，妖精们才没有机会和胆量在我们面前显现。至于那些浪漫的故事，也许要等到我们长大以后，也去进京赶考，也住进某一无人的庭院或破庙时，才会发生。当村子里的人外出打猎归来，枪把上倒挂了一两只狐狸或几只黄鼬时，我总是痛心不已，觉得说不准哪一天，世界上的这点儿灵物都会被他们赶尽杀绝。

从前，我一直不太明白，那些花精狐妖为什么总去迷惑落魄的书生，并且一迷即倒。后来经历的事情多了，才稍有领悟。大约妖精和书生都出身低微,又都为了理想不辞辛苦,千年修炼和十年寒窗总有一些相通之处,既惺惺相惜,也知己知彼,容易抓住对方骄傲的心或脆弱的情感。福也好,祸也好,只缘彼此就是对方心里的一"念"。

当然也有另外的一些情况。比如,因显达而至官宦的权贵,大多会对这些来路不明的诱惑有所顾忌或拼命抵抗,怕一旦失足,就要蒙受难以承受的损失。所以他们遇有这等事情时,宁散万贯家财,也要重金聘请江湖术士,誓除"妖魔",甚至使出像《伏狐》中的"太史某"使过的下流手段。还有一些粗陋之人,命穷无惧,连做梦都想遇到一个美丽的妖精。如《毛狐》里的马天荣,却终因妖精找不到感觉,而没有办法为他"现化"出美丽的姿容。

多年后,当我离开破败的农村到城里生活时,发现很多城市里的女子竟光鲜如当年《聊斋》里的妖精。莫非她们早就纷纷从猎人的枪口下转移到城市?虽然我一时还无法辨明她们的真实身份和心性,她们的种种行径却难免让人想起由"物"而"精"的修行。想那些浓妆艳抹者、刺眉文身者、节食束腰者、暴走狂奔者和忍受刀斧之疼整容隆胸者,不都正受着当年妖精们所受的修行之苦吗?她们之所以暂时还不能成为著名的青娥、小谢、邵九娘,或许是因为她们修炼的进程还没有完结,尚缺千年寂寞、百年参悟。

细想《聊斋志异》,实质上并没有太多的"奇""异",不过是一些人间的常情、常理和庸常欲念。若只有媚人之心而无害人之意,人世间多了几个妖精又何必少见多怪?!

遥远的葡萄园

北雁南飞。苍凉的鸣叫,划过长空,如看不见的手,直抵苍穹,轻轻一撩,那些飘来飘去的浮云,就被拂得干干净净。天,湛蓝、幽深,像海一样,深得无底;像没有杂念的心一样,空旷而宁静。其实,夜晚的天空,并不荒芜寂寥,秋来,自然又是一番别样的光景。月亮离人很近,一推窗,就有一张明媚的脸,微笑着候在那里……

秋天是一个怀念的季节。秋风起,秋叶黄,我不由自主地回想起往事,想起当年,舅舅那座小小的葡萄园。

记得秋霜一降,总是那个叫惠的表妹,来找我一起去她家吃葡萄。门开处,灰暗的屋宇间露出一张皓月般的脸,无语,粲然一笑,我就知道我又要迎来一天的好时光了。似乎很多美好的记忆都与一个相似的情景有关,一一在记忆里珍藏,那静静的葡萄园就成为一个神秘的"月光宝匣"。

在那些天晴日朗的午后,我们不想吃葡萄,而是背靠背坐在葡萄树下晒太阳,闭上眼睛看多姿多彩的世界瞬间变得火红,然后快速地睁开眼,看如水的天空和天空里那些细致、微妙的变化,想自己为什么会无奈地滞留在地上,而不能像成双的鸥鸟或成队的大雁那般自由飞翔。

夜晚,我们继续牵着手在园中游荡,周身感觉沁凉。如果不是有葡萄的芳香从暗影中阵阵传来,我们肯定会在某一时刻产生错觉,以为自己浸泡在冷冷的水中。"夜凉如水",可不是一个虚饰之词。一到夜晚,每一片树叶和草叶上都均匀地布满一层细密的水珠。人走过,鞋子、衣服甚至头发,都会被打湿。我就在那一片冰冷中向往着天街上灯火的温暖和星星与星星间对望的温情。

夏日渐远,冬天的脚步正一点点逼近。渐渐凋敝的景色总让我感到茫然无措,我是要继续在园中流连,还是要马上转身离开?很多时候,并不容我们犹豫和彷徨,说不准就有哪位长辈——舅舅或父亲——走进园里,不容分说地把我们逐出葡萄园,按到书桌上。我早就知道应该把自己的心收回来,怎奈身在舍内,心却在舍外,三魂中至少有一魂不肯归来。

多年以后,旧园毁弃,故乡也远在千里之外,但那座葡萄园仍在我心里矗立着,始终没有荒芜。只是我还无法确定,临别时,是我悄悄地把那葡萄园装进了心里,还是那不肯归来的一魂始终在原地痴痴守候。

转眼已至季秋之月。是月也,雷始收声,入地,万物隐遁。梁间再也寻不到燕子的踪影,纵有万般依恋与不舍怕也难敌阵阵寒意的逼迫,"伊人"早已乘风而去也!而人,却依然

遥远的葡萄园 ∥ 281

无处可走，只能老老实实地做季节的"更夫"，不问苦乐炎凉地坚守着。

《礼记》里说，这个月份适合建都邑，可以修粮仓，而我只是手捧一本闲书，一遍遍回想那座不为人知的旧园。

野百合

一进六月,草原上的百合花就开了。

其实,六月的草原应该叫万紫千红才对,因为各种各样的花儿差不多都会在这时纷然开放,黄的金针、紫的鸢尾、白的木樨……还有那红色的野百合,就如暗淡的街市或广场上忽然跃出的一袭红裙,迎风舞动,火焰似的点燃了人们的目光。

仅仅从数量上说,野百合并不占任何优势,她们也从来不以浩大的声势震撼人,那是向日葵、油菜花和薰衣草们的事情。在茫茫的草原上,野百合只是星星点点地散落于翻腾的草浪峰尖之上,如一颗颗神秘的红宝石,在深重的绿色里发出耀人眼目的光芒。在更多的年份里,野百合更是稀少得如凤毛麟角,以至于有一些人专门为寻找野百合而来,结果却要怅然而归。大概"难得"总是某些事物在这个世界里倍受珍视的理由吧。

因为它们的稀少与珍贵,很多人把有没有目睹野百合的开放,作为衡量自己是否幸运和来一次草原是否有意义的标准。

当然，总会有一些人是幸运的，人与花以及人与人的缘分是一样的。无缘时，好像对方从来就没有存在过，一切不过是一个美丽的传说；有缘时，却好像探囊取物一般，似乎对方从始至终就没有离开过，就像是为了你的到来而一直准备着、一直等待着。

野百合是草原的精灵，是百花里的妖呵。

没有人知道她们为何而开、为谁而开，也没有人确切地知道她们的行踪。有时，她们会刻意躲开羊群和人群，寂寞地开在草原的某一个僻静的角落；有时，她们却张扬地开放在牧人的毡房前或人们一抬眼就能够望到的显地。

如果是清晨，你刚刚睡眼惺忪地从暗室里走出来，第一眼就撞上了那热烈的红色，你一定会毫不设防地成为那妖冶色彩的俘虏。从那一刻起，你的目光便无法摆脱它的吸引。就算你通过艰苦的努力将自己的目光移开，你的心也无法离开；就算你通过更加艰苦的努力将心也移开了，你的灵魂也无法离开。因为你自己非常清楚，当你背对着那团红色，走上了自己的路之后，曾经被那红色照耀过的地方都化为虚无与黑暗。如同一场火过后遗留下的灰烬。会有莫名的忧伤和隐痛从那些空洞里无法制止地涌流出来，并逐渐漫延，以至于浸透你的整个生命。

很多来过草原又离开草原的人，就这样在自己的心里种下了思念的种子。

有爱如铅

见到四叔之前,我并不知道四叔的膝下还有一个叫三子的儿子。

当四叔亲口对我提起三子时,三子已经不在人世。未及开口,四叔先已老泪纵横,盛年时的英姿荡然无存。

在四叔的三儿一女中,三子是一个异数。虽然自小不爱学习,没成大用,但天生聪明伶俐,精明中又暗藏着一段豪气。从小到大,仗义通达,不但在长辈中备受欣赏,同辈的男男女女也无不敬佩其出色的智勇。三十岁年龄,一手在村子里开起了两摊子买卖,把小日子过得火一样红。因为经常呼朋唤友,胸中又有几分正义,遂与当地的村书记结下"梁子",竟然代表众村民告起了村书记。三子仗着自己的好脑瓜和好文笔,把村民知道的各种腐败事实整理成十几条逻辑严谨、丝丝入扣的"状子"递到"上边",把村书记吓得魂飞魄散,赶紧告饶,私下里托人传话——只要他不再继续牵头上告,要什么条件就满足什么条件。

也该是三子命遇"克星",自作自受。这时恰巧他的一段桃色事件突然暴露。本村一女子长期与三子有染,其男人明知此事,却并不声张,只是三番五次地向三子"借钱",后来又唆使十三岁的孩子出面要钱、要物。三子不堪其累,便与那女子分道扬镳。他以为事情就此了断了,没想到这件事恰巧被村书记利用,唆使那女人的男人继续敲诈,敲诈不成就动手砸碎三子超市和家里的玻璃。私下里,村书记与乡派出所的警察暗暗串通、照应,每每对敲诈者睁只眼闭只眼。来往间,三子吃尽了苦头,受够了气,但始终拿那个躲在背后的人毫无办法,只能打碎牙齿和血吞。

生活是一部拙劣的小说,本无大事,通篇不过是一些鸡零狗碎的细节。最后把故事和人推到意外之境的,大概就是些足以糊住眼睛和心的情绪。

在接下来的半年里,三子深陷于那些黑暗的细节和情绪而不能自拔,心气越来越烦躁,状态越来越糟糕。终于有一天彻底崩溃,失去理智,拎起刀,杀了那一家三口。然后,自首伏法。一段因情而仇而杀的故事就此烟消云散。一切欲望、恩怨与不甘俱如一只当空炸裂的爆竹,随着一声脆响、一阵青烟化为乌有。短暂的回响和尘埃落定之后,天空与大地复归平静,如同什么都不曾发生。

于我,离开列宙老家时还没有三子,再见到四叔时,仍然没有三子,三子只是多一个少一个都没有太大关系的人。但对四叔来说,三子却不仅是一段往事或一个幻影,而是嵌在心口的一枚钉子,今后每一次心脏的跳动,都将成为他余生的刺痛。

离开老家后,我以为此事于我再无牵连,却总在不经意间,感觉到有一个铅一样的重物,穿越时空把重量传递到我的心上。

在那遥远的地方

车在阿尔泰山与天山之间的大戈壁上行驶,有一首歌在我心里一遍遍反复播放——《在那遥远的地方》。

尽管我知道阿勒泰的遥远还远不过王洛宾老先生那首歌所表达的意境,但那些怎么走也走不完的路程,让我实实在在地感觉到了一种没有尽头和边际的遥远,并感受到了广阔及遥远对生命实体的稀释与消解。

车轮飞旋,仿佛前进的只是时间而不是里程。心虽已插上翅膀,却只能徒然拍打,而无法捕捉到丝丝缕缕的气流,支撑力不从心的"飞翔"。

"远方啊,除了遥远一无所有。"多年前,因为对人生绝望而自杀的诗人海子曾发出这样的感慨。

我很早就读过海子的这首诗,知道他是个不相信未来和遥远的人,在他的眼中,遥远是空的。而我以前的看法,正好和海子相反,我一直认为远方或遥远的地方不但不是空的,而且有着无限的神秘性和丰富性。所以,每次听王洛宾老先生那首著名的歌曲时，我都会心驰神往，一边让那颗蛰伏于红尘深处的心随着音乐的旋律起伏、飞扬，一边暗暗地期盼着一次意料之外的远行。

当然，远行的目标并不一定要指向哪位心仪的"好姑娘"或仅属于自己的故事，我只是对模糊的未来心怀期待，隐隐约约地，经常感觉到有一种不确定或不可知的力量在悄然将自己的灵魂吸附。

这些年，也许是因为倦了，便不再热衷于没有尽头的远方，在不断的追逐中，我已经体会到，每一个具体的远方之外仍然有无数个远方；也许是因为老了，便不再热衷于那些陌生化的体验，过去那些体验已经让我渐渐懂得，陌生与熟悉不过是一张稿纸的正反两面，本是同一事物的翻来覆去。所以，不知不觉地，我开始认同并喜欢海子的诗句："远方除了遥远一无所有，遥远的青稞地，除了青稞一无所有，更远的地方更加孤独……"

那天，在吉木乃的山上漫步，看到了一束野生的勿忘我。突然，心里生出了无限的感念。这些小小的花朵，只有米粒那么大，却开得色彩鲜艳、情绪饱满，如淡蓝色的、忧伤的天空。

在这干旱无人的荒野，它们的花瓣在为谁怒放？它们的芬芳在为谁飘荡？它们那颗不甘的心在为谁而不屈不挠地期待着？在它们微小的心间，也装着一个无限辽阔的远方吧？否则，它们何以成为期盼和思念的象征，又何以安放得下长路般绵长的思念?

抬头远眺,竟发现,自己的来处正是此处的远方。

数日后回到家中,总觉得有什么东西在旅途中丢失了。仔细盘点,随身之物一应俱全,只是自己的心,仍滞留在吉木乃的山中,与一丛蓝色的小花对视,它竟然还在遥远的地方眷恋着遥远。

执　着

从我家洗手间的窗子望出去，大约十多米的距离就是另一栋房子的一扇窗。不知什么原因，主人买了这栋房子，却始终没有入住，许多年来就那么空着，静静的，如一座无人的庙宇，平日里只有一些麻雀穿梭于屋瓦之间。

空空的窗口，如一个永远没有内容的画框，却成了我每天清晨洗漱时一道避不开的风景。

这一日，窗子里突然有了内容。一只着了魔似的小麻雀，整整一个早晨都在反反复复地做着同一件事——一次次不停地扑打着那扇玻璃窗。每扑打一阵子之后，小麻雀就暂时握住窗边垂下来的一截电线，稍事休息，积攒力气，然后继续一次次扑打或撞击过去。

这小小的麻雀，想要做什么呢？看它乐此不疲的样子，也许是在游戏吧？来不及细想，我赶紧进入自己的书房，去写那些似乎永远也写不尽的稿子。时至中午，我已经写得腰酸背痛，便又一次想起了那只小麻雀，很想去看看它还在不在。结果，它还在，依然在不停地扑、不停地撞，对着那黑洞洞的空窗。但它翅膀扇动的力度已大大降低，飞翔的姿态也显得有些凌乱。

我想，它肯定不是在游戏，而是被某些虚幻的东西迷惑，否则哪至于如此拼命？我有心想干预一下，但想想还是作罢。自己的事情、人类的事情还没有管好，哪有剩余的心力去管鸟事！或许，它知道累了，知道疼了，也就知道放弃了。毕竟，鸟儿不会像人一样，有那么多的执念。

第二天清晨，天刚蒙蒙亮，我透过洗手间的窗，又看到了那只小麻雀。它还在那里，不屈不挠地扑打着，并无意离去。看来，它也和我所知道的人类一样，有时会不可救药地被执念困锁。可是，在那黑洞洞的玻璃后面，它究竟"发现"了什么呢？理想的家园？心仪的伴侣？传说中的天堂？另一个自己？还是某种命运的呼唤？

小麻雀的力气似乎已所剩无几，比起前一天，它的动作显得虚弱而又迟缓。我不由得心生恻隐，决定尽一尽人类的"慈悲"，搭救一下这只可怜的小麻雀。可是，人不会鸟语，我无法隔窗告诉它，只要它转身，就会拥有一片广阔的天空。我只能走过去，走到玻璃窗下，强行把它"吓"跑。

当我走过去时，它果然因为害怕，慌乱地飞到墙头上，站住了，但并没有远去。好像如梦方醒，也好像无限依恋。

此后的很多天，我都没有在那扇窗子前看到过那只小麻雀，不知它确如我愿飞向了身后广阔的天空，还是因过度虚弱而身殒草莽，让不甘的灵魂再一次返回那扇窗前，继续着夜以继日的扑打。

约

看见彩虹的时候,我感觉心里有什么话,想说,但一时又无从说起。

四十年前,我和父亲有一个约定:我要听他的话,要照着他的样子成长。将来有一天,等我长高了、长大了,也要像他一样,心中充满正义和善良,甚至慈爱;也要像他一样,光明磊落,公义,忠信,不虚伪,不欺诈,不生恶念,不行恶事。只要这样,他就答应,不再轻易打我、骂我、责备我。

父亲是有名的暴脾气,又疾恶如仇,决不允许自己的孩子悖逆和作恶。以前他曾于盛怒之下,手执一根榆木"戒条",用尽全身力气击打弟弟,差一点儿把弟弟打得气绝身亡。为了不再失去分寸,父亲答应我们以后不再下那么重的手。于是,他在"戒条"的手柄上钉了五颗铁蒺藜,以便盛怒时,提醒自己曾给我们的承诺。就算一时没忍住,抄起"戒条"时也会因为无法攥紧、发力,而不能重伤我们。

父亲的约定,对于经常犯错误并且屡教不改的我们来说,无疑是一个意料之外的"福音"。我和弟弟当时都差一点儿喜极而泣。那夜,我做了一个奇怪的梦,梦见天上并列出现三道清晰而又艳丽的彩虹,并且有一个神秘的声音在云中回响:"我把虹放在云彩之中,就是为了让你们记住并相信……"

之后的很多年里,父亲确实再也没有暴打过我们,更没有失手危及过我们的生命。每当我们犯错,他都恪守了诺言,即便把"戒条"从墙上摘下来,也极尽克制,最终弃于一旁。但我们却能从他涨红的脸上和青筋暴突的脖颈上,看出他的震怒。最难忘的一次是,因为冲突中我"据理"顶撞,气得他蹲在地上掩面哭泣,仿佛是他自己犯了错误。但我那时还无法准确判断,他哭泣到底是因为委屈还是因为失望。

事实上,我们和父亲所立之约,始终是单向的、不平等的。说好我们不犯错误,他才不动怒的,可我们一直没有停止过犯错误,并且是屡教屡犯。当父亲离开人世时,我们才在想念和反思中发现,那个约,就像一朵盛开的玫瑰,我们看到并享受着它的美丽,而父亲却忍住疼痛握着它带刺的柄,父亲的血,在我们看不见的暗处流淌。

一开始,我们从母亲的神情和目光中,读到的是"怨",仿佛父亲的死与我们有关,是我们的不争气害死了父亲。后来,我们终于领悟,母亲的哀怨仍然是来自我们的不觉醒、不悔改,以致辜负了父亲对我们的一片苦心。

于是,一向心意刚硬的我们开始忏悔,对着父亲离去的方位,匍匐下来。那一刻,我们懂得了父亲的苦心有多苦,也深信父亲在天有灵。那一刻，我看见，灰蒙蒙的天际有一道彩虹升起，如深藏雾霭之中骤然显现的微笑，如虚无中凭空绽放的礼花。